U0081131

用對的方法充實自己，
讓人生變得更美好！

用對的方法充實自己，
讓人生變得更美好！

凱信集團

—— 運轉手的小黃日記 ——

我只是個
計程車司機

【推薦序】

駛萬里路，勝讀萬卷書

林立青（《做工的人》作者／作家）

計程車司機是臺灣人一定會接觸到的職業，在都會區的街頭常會看到隨處可攔的計程車；搭乘高鐵飛機後，也一定會看見計程車緩慢的一臺一臺排班把乘客載走。而臺灣社會在經歷過白牌車及Uber競爭以後，計程車的討論增添許多，加上過去對計程車司機的各種傳言，像是計程車隊能影響選舉、排班計程車的辛酸和地方勢力折衝、計程車司機的喊價及跳表之爭、生活型態和夜間鬼故事等等，這些傳言討論多不勝數。但過去比較像是作家記者採訪書寫計程車司機，近年來逐漸變成計程車行跳出來就歷史文化解釋出書。可惜的是，很少有第一線的計程車司機現身說法，我們也沒有計程車司機兼作家的斜槓作品出現。

王國春的書補足了這個遺憾！他的筆觸誠實而主觀，沒有任何虛偽或是所謂的中立客觀；他用他的人生寫出了計程車司機在工作時所看到的臺灣社會面貌，數字感極為真實，附帶著地點和距離的考量，十足的計程車專業視野觀點記錄。裡面詳實記下計程車司機接送偏遠弱勢者時的衝擊，面對持有刀械的乘客時心裡的忐忑，遇到警察叫車後發現乘客已經酒醉，聽到移工口出幹你娘時的自省……在這本書裡面一覽無遺。我們終於可以從新聞中一閃即過的畫面轉臺，把自己的眼光從看著計程車司機轉換成以司機的眼睛來看世界，用他的知識和數字感來看真實的運轉手生活，從中知道：為什麼有些人寧可開長途貨車也不願意轉為駕駛計程車，為什麼有些人放下特助的工作而轉為從事更自由的工作，靠行的那些司機又是從何而來，以及司機們在看到白牌車時，感嘆的無奈和寬厚。

這是一本溫暖之書，也是一本用人生寫出來的書。我觀察了王國春臉書一段時間，他的文如其人，透露出臺灣人獨特的溫暖和關懷，他用自己的力量去送物資給能接觸到的人；他接送需要被幫助人，無論是否錯過車站……在全世界都面臨疫情而生活受到影響的現在，我們正需要這樣的書，來互相激勵和鼓舞，來相信握著方向盤的人。

謝謝國春讓我們看見運轉手的生活，願我們因為看見有國春這樣的人，而相信社會更加美好。

【目錄】

推薦序：馳萬里路，勝讀萬卷書／林立青

自序：雖然，我只是個計程車司機

第一章

春風化雨的旅程

・天使阿嬤 016

・住在貨櫃屋的一家人 036

・外籍移工 056

・最遙遠的旅程 070

第二章

引以為戒的傲慢

・觀世音 084

・輸贏 100
・頤指氣使的籌碼 118

第三章 輕如紙張的善良

・不良於行的老翁 134
・永靖車站 152
・車資多少由你決定 166

第四章 自命不凡的駕駛

・兩位工人 182
・一百元的遺憾 196

【自序】

雖然，我只是個計程車司機

坐在星巴克二樓靠窗的位置，桌上一杯閒涼已久的咖啡，指尖忙碌地在鍵盤上敲敲打打，不時停下手邊工作，若有所思的望著窗外。十字路口，黃燈驅趕斑馬線上的路人。突然，像是想起了什麼，手指回到筆電前繼續漫舞……

以上畫面，是對一個作家的浪漫憧憬，實際上跟我毫無關係。

哪來的籌碼犧牲工作時間專職寫作！？

這本數萬字的日記，是我用一支三年前買的 iPHONE7 手機，在計程車上，利用排班等客的時間完成的，沒有星巴克、沒有筆電、沒有優雅的座位……除了靠窗座位跟咖啡符合「一半事實」以外，其他都是自以為是的想像編織。我在寫作時，靠得是車窗，坐得是略顯擁擠的駕駛座，喝得也只是一杯低於五十元的平價咖啡。

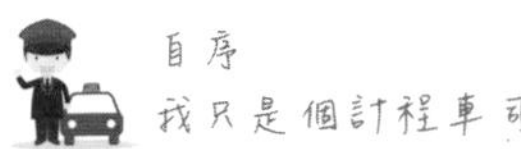

我，只有國中畢業！

每每看一本書，翻閱至作者簡介，大都是學經歷特別豐富的人，不然就是成就非凡，像是暢銷作家、學者教授、企業家等等。平庸如我，不知道該如何介紹自己，除了國小三年級當過衛生股長，出社會在傳統產業當過班長以外，沒有什麼豐功偉業或驚人成就。

跑車三年了，最常被乘客問到的就是：「這麼年輕，怎麼會當計程車司機？」在臺灣，大部分的人對於計程車司機都有先入為主的負面印象，舉凡：老男人、不良嗜好、不務正業、沒水準、開車橫衝直撞……甚至在坊間還流傳一句話：「計程車是男人最後一個工作。」從這些評價裡不難看出，大多數人對於計程車客運業的觀感，說有多差、就有多差。其實如果可以選擇的話，我也不想開計程車，我比較想開航空母艦，只是那講出來充滿「幽默感」的條件，令人望塵莫及！所以，我成為計程車司機。

認清事實，在平凡中創造非凡。

如果這個社會給我的選擇有限，那我就把「僅有的」選項做好。於是，我開始利用閒暇之餘，撰寫小黃日記，希望以司機視角，藉由文字分享載客經歷，讓大家認識這個職業不同的面向，進而讓大眾對我們能多點尊重與理解，其實計程車司機並沒有你想得那麼糟。

四月初，我在粉專「王國春─我只是個計程車司機」裡分享一篇《住在貨櫃屋的一家人》日記，引起網友廣大迴響；陸續也有七八家網路媒體來採訪該篇日記。過沒多久，便接到凱信出版的邀約，希望我將日記集結成冊出版。受寵若驚的我，還以為自己遇到詐騙集團了呢！

生長在這個學經歷掛帥、後臺比舞臺重要的世代，不曉得自己有什麼能力與條件可以支撐我出書；直到現在新書出版，還是覺得如夢一場。

在傳統價值裡，我一直是個被社會結構擠壓的平凡人物，不論是身分、地位、學歷、經歷，沒有任何一樣能與人攀比，完全沒有。因為從小親情生活與資源的匱乏導致過度自卑，讓我對這個世界沒有太多美好的期待。我不喜歡承諾，不喜歡設定目標，不喜歡動不動就談成功……因為現實的世界再再告訴我，很多夢想投資，都是用金錢堆疊出來的；而金錢對我來說，卻是遙不可及的。比起在成功的道路上努力奔跑，我更喜歡躺在失敗的潮汐當中，享受擱淺。

我不是作家，我充其量是一位撰寫日記的寫手。

感謝凱信出版給我這個機會，讓我可以在書裡重新定義自己，讓讀者了解，高中都沒畢業的計程車司機，到底憑什麼出書；書中的內容，又能對這個社會傳達什麼聲音。如果，你一直遵循成功者的軌跡前進，卻還是一事無成，那麼你應該看看，始終被世俗框架限制在失敗區的計程車司機，如何用文字拼湊出自我價值。

這本書，沒有譁眾取寵的詞彙，沒有引經據典的格言，沒有指引你通往勝利的道路方向，也沒有教你如何凝聚從失敗中爬起的勇氣……這本書，不會改變世界，但會帶你更貼近有殘酷、有現實，但也有歡笑、有溫暖的真實人生。

小黃的輪子繼續跑著，小黃日記也依然會持續地記錄著……

55688

台 中

第一章 春風化雨的旅程

天使阿嬤

每次阿嬤叫我不要客氣、盡量吃的時候，我都從來沒辜負阿嬤的叮嚀。對我來說，能吃到家常料理，儘管是發生在別人家，也會有一種莫名的歸屬感。

我的日常

今天是個特別的日子～～

凌晨，昏暗的房間，手機響起了歡樂•樂團（英譯：Fun.）的《We are young》……一首鼓舞人心的輕快歌曲，在睡夢之際聽來卻是震耳欲聾，那是我的鬧鐘鈴聲。勉強睜開雙眼，趕緊爬到電腦桌邊將手機音樂按掉，避免吵到一旁熟睡中的母女。睡眼惺忪地看了手機的時間顯示 04:30，再看了看窗邊，窗簾縫隙並未透出一絲微光。也對，初冬的太陽並不會這麼早起床。我打開手機的手電筒功能，躡手躡腳地朝浴室的方向走去，就連開啟房門的時候也宛如拆彈一般小心翼翼，深怕一點撞擊聲響吵醒了睡夢中的女兒。女兒醒來不可怕；可怕的是，可能會因此誤觸女兒的「內建自動鬧鐘功能」，有時候響到早上八點也無法關閉，可怕！

在浴室刷完牙後，我刻意用清水將臉反覆沖洗幾次，試圖將凌晨 04:30 起床的倦容搓揉掉。定睛看著鏡中的自己：「呼！還是帥到不忍直視。」哈哈，這是我每天上班前鼓舞自己的方式。每天一早，我總會花一點時間給自己精神鼓勵，至於帥不帥一點都不重要，重要的是可以提振精神就好！

回到房間，換上工作制服，準備出門載預約的客人。步出房門前我停下了腳步，回頭端詳還在床上熟睡中的母女。每當早起準備出門努力掙錢的時候，看著母女倆也努力把自己的五官睡得如此幽默，心裡就會感到無比踏實，覺得自己一切辛苦都是值得的。

我心滿意足地踏出了家門。

我是王國春，一位計程車司機，這是我的工作日常。

今天，預約一位住在二林鎮上的乘客，該乘客要趕彰化第一班的高鐵北上至桃園，然後轉往機場準備搭飛機出國工作。自從彰化有了高鐵以後，對於住在彰南且需頻繁國內外往返出差的朋友，增加了不少便利性。若是搭很早的班機，就不需要提前一晚在桃園住宿，多出的一個晚上可以拿來陪陪家人。因此，會有很多乘客是約在非常早的時間要坐計程車趕第一班高鐵的。有時約 05:00，有時約 06:00，加上司機要前往乘客上車地點的前置時間，就會出現像今日一樣，04:30 就要起床的情形，畢竟，不會每位跟你預約的乘客都剛好住在你家附近。

今天載的這位乘客是在彰南的地方性社團知道我的，我並不認識他，也沒印象有在網路上回答過他任何問題。後來他解釋，是因為我有回答其他網友的提問，他在留言處看到我留下的聯絡方式，所以找上我。我發現一個很有趣的現象：通常在網路上提問計程車相關問題的當事人，都是「問火大的」，我從來就沒有因為熱心回答問題而做到提問者的生意，反而沒提問自動找上我的生意，不計其數。也就是說，有迫切搭車需求的人，會在網路上找資料，不會發問。這也要歸功於網路的進步，通常在搜尋處輸入關鍵字，就會出現歷史互動訊息，不至於讓舊有的文章被時間洗掉。

橫跨整個彰化縣的任務

結束完這趟服務之後，順便進入高鐵排班區排班。通常外面沒有乘客預約叫車的情況之下，我都會守在高鐵，載一些有搭計程車需求的高鐵旅客，順便當作休息。為何說是休息？通常計程車司機的營業模式，最少都會保有一個以上的固定排班地點，舉凡：百貨公司、飯店、酒店、高鐵、臺鐵、公車站、捷運站等等，在排班等客的過程，就是司機們的自由時間，在車旁邊抽根菸，跟友台聊天，敦親睦鄰；或找個地方做做伸展運動……至於我，因為不善交際，所以排班的時間，習慣在車上休息，車廂內就是我獨處的小世界。有時看書，有時寫作，有時聽聽音樂，有時小憩片刻……因為今天太早起床，到高鐵的時候，大部分的司機都還沒進場，我排在第三台車補眠。

早上將近 08:00，司機們魚貫入場排班。此時聊天問候的聲音會蓋過蟲鳴鳥叫聲，這也提醒我該打起精神，準備要出車了。我下車走到計程車站務櫃檯準備迎接 08:30 高鐵進站的旅客。此時，手機響起，螢幕上顯示「阿嬤」來電。「阿嬤」，一個既熟悉又陌生的稱謂，我知道打電話給自己的阿嬤是誰，因生長家庭的關係，我從未見過「自己的」阿公、阿嬤、爺爺、奶奶，所以不可能會認錯人。這位阿嬤，是我之前短暫任職於某公司特助時老闆的母親。

我接起電話：「阿嬤您好，好久不見。」。

「喂，你有沒有空來家裡載我？」阿嬤在電話另一頭說著。

「現在嗎？」

「對啊！現在有空現在就來載。」

「好哦！我過去大概已經九點多了。」

「好！我等你。」

彰化高鐵位於田中鎮，彰化最東邊，靠山；阿嬤住的地方位於芳苑鄉，彰化最西邊，靠海。等於我過去載阿嬤要橫跨整個彰化縣，光路程就要三十公里左右，通常沒有司機會在「連地點都沒有問」的情況之下就答應這趟任務，因為如果一問之下不划算的話，通常司機都會找理由婉拒；正常司機啦……但我不是正常司機（誤）。

我會連問都沒問就答應這趟任務，只是基於一個承諾：記得剛離開特助工作時，有跟老闆提過我會繼續跑車，若有搭車需求儘管聯絡我，不管划不划算，只要有空就一定會載。因為老闆對我有知遇之恩，我一直懷著感謝的心，即使是吃虧了也無所謂，只為能提供我最好的服務。

但，服務那麼多次，老闆給得車資從來就沒有讓我吃過虧。

珍珠奶茶

一掛上電話，便往目的地方向駛去。在開了不算短的一段路程之後，我抬頭望向遠方，看見一排不停轉動的小型風力發電，發出嗡嗡聲響；迎面而來的陣風，因鄰近海邊含鹽量極高，所以皮膚感到格外黏膩；路邊一整排的老舊透天厝，油漆牆面早已斑駁脫落……但我的記憶倒是清晰了起來。

是這裡了。

「國興啊！你來了喔？」一位步履蹣跚的

老人緩緩朝著我走近。

「阿嬤，我是國春啦！」我熱情地笑著糾正。

「喔對啦！國春啦！每次都把你名字叫錯，歹勢。」

我與阿嬤相視而笑，雖然一陣子沒見，卻還是像家人一般，一見如故。簡單寒暄過後，阿嬤說明了今日要包車的行程及幾個目的地，大概會耗費半天的時間。

「你下午有空嗎？可能會到下午喔？還是你有約？」阿嬤詢問。

「阿嬤，沒關係，你看要去哪裡，要做些什麼，儘管做就是了，我若有其他客人跟我約，會安排其他司機服務。」我安撫著阿嬤。

就這樣，開始了半天的包車行程。

一開始阿嬤叫我開到街上買珍珠奶茶，這點讓我很詫異！因為阿嬤年事已高，很少有鄉下的長輩會喜歡喝這些年輕人才會喝的「手搖杯」。自己因為有在健身及飲食控制的關係，幾乎不喝含糖飲料，但阿嬤已經買給我了，我還是在車上「破例」跟阿嬤喝了起來。

「這甜甜的很好喝，對嗎？阿嬤很愛喝這個，但不能讓你老闆跟阿公知道，不然他們會唸我。」阿嬤邊喝邊說著。

「哈哈哈！好啦！我不會講啦！」我回答。（結果寫在書上）

買完飲料後，阿嬤請我開到二林鎮上的某個洗衣店，要去送洗衣服。

「阿嬤給這家洗衣店服務很多年了，已經習慣了。」阿嬤說。

「不會太遠嗎？」我驚訝。

「沒辦法啊，我們住的地方靠海，太偏僻了什麼都沒有啊！」

「這樣往返也很辛苦耶！」

「所以通常都會將要到鎮上做的事，集中在一次做啊！平常都叫你阿公載，今天你阿公沒有空，所以才麻煩你來載我啊！不過你離我家那麼遠，有時候叫你空車來也不划算，都不好意思麻煩你。」阿嬤抱歉地說著。

「不會啦！若有需要儘管聯絡我就是了，我有空就一定會載啦！」

提領兩萬元

接著，阿嬤說要到全聯買日常用品。去全聯的路上經過一間銀行，阿嬤請我靠邊停車，說是要領錢。

「阿嬤，停好了，妳下車小心一點，我在車上等妳。」

「沒有啦！我報密碼給你，你幫我領就好了，不然我眼睛看不太清楚，也不會操作機臺。」

「我領!?」我跟阿嬤確認。

「對啊！你的話阿嬤放心啦！密碼是******，你幫我領兩萬出來。」

「兩萬？買東西要用到兩萬嗎？這麼多錢放在身上很危險耶！」我擔心地提醒阿嬤。

「沒關係啦！你就領兩萬出來。」

「好啦！那阿嬤你在車上等我喔！」

我內心記著阿嬤報給我的密碼，趕緊下車小跑步至銀行門口的ATM領錢。講真的，在提領過程中有點心虛，因為事出突然，當下也不知道這樣做合不合法，只是阿嬤託付給我的重任，我沒有拒絕的理由；基於信任，我很清楚阿嬤是不會害我的。

「阿嬤，兩萬塊跟卡給妳，你要收好不要掉了喔！」

「好啦！謝謝。」

一路上，我心裡一直想著：阿嬤是打算直接採買兩萬塊的日常用品嗎？是的話也太多了吧！我的車裝得下嗎？不然阿嬤沒事領那麼多錢幹嘛！家裡應該也用不到錢啊!?而且，不曉得阿嬤是因年事已高導致的記憶力衰退，抑或是我對阿嬤所說的臺語一知半解所造成的語言隔閡，有時會一直重複地問著我相同的問題，因此我很擔心阿嬤會在獨自一人的情況之下做出一些「傻事」。像這次會包車也是因為前陣子阿嬤開車自撞，導致肋骨斷了好幾根，所以被我的老闆下達「禁駛」令。

「國春啊，你平常沒事還是沒生意的時候就打電話跟我媽聊聊，看看她有沒有需要包車去哪裡，錢你跟我算沒關係，我很擔心她沒事又自己亂開車到處跑，危險！」

有一天，老闆突然打電話跟我這麼說。我能從冰冷的話筒感受到另一端說話的溫度，那是為人子女的擔憂。

全聯到了。

阿嬤買了不少新鮮食材，她挑了許多魚肉、豬肉、雞肉，還有調味料；也挑了許多拜拜所需的供品及日常生活用品。每挑選一樣東西，阿嬤就會轉頭跟我解釋她買該物的原因，似乎想證明自己並不是毫無章法的亂買，每件物品都是精挑細選過的。

「醬油就要買這牌的，滷肉顏色比較漂亮，而且不會死鹹。」

「這隻魚是要買回去給阿弟煮的。」（阿弟是家中的印尼幫傭）

「我都買這個洗衣皂給阿弟用，阿弟習慣用這個洗衣服，而且很便宜。」阿嬤對於生活用度上的這些小錢，很精打細算，一點也不浪費。

「這個肉我們要吃國產的，支持臺灣農民，現在大量進口豬肉，豬價跌得很慘。」

當時正值豬價連月崩盤時期，有人把無法止跌的原因歸咎於中美貿易戰，但大部分的養豬戶都認為是政府開放大量進口的原因才導致價格崩盤。家族從事畜牧、水產業的阿嬤特別有感，不斷強調肉要吃國產的，支持臺灣農民。

我點頭附和，推著越裝越滿的手推車，緊跟在阿嬤後方，提醒著阿嬤還需要買些什麼，怕遺漏了沒買到！

再三確認後，我將阿嬤採買的物品裝進後車廂，總共花費不到五千元。就這樣，阿嬤在二林鎮上的所有任務，花了一個上午的時間完成。

阿嬤家的一頓便飯

回家後，我拎著大包小包，將阿嬤採買的物品依序入庫。

「國春，先吃飯，阿弟煮好了，你先吃，不用客氣。」阿嬤招呼著我說。

「哇~阿弟煮得好豐盛啊！那我要先開動囉！」

平心而論，阿弟的廚藝可以完勝一堆「臺灣媳婦」了。

以前當特助的時候，偶爾會因工作關係來到阿嬤家吃飯，每次中午阿弟一定會煮最少五菜一湯。印象中，每餐固定會有一道滷肉，最少兩道的海鮮（可能因為臨海的關係，新鮮魚貨垂手可得），還有一至兩道的清炒時蔬，最後則是五花八門的蛋料理。

因自己本身為小家庭且工作繁忙，每日開伙並不符合經濟效益，所以都以外食為主，能吃到如此豐盛的家常料理，對我來說，就是一種極盡奢侈的幸福了。因此，每次阿嬤叫我不要客氣、盡量吃的時候，我都秉持著極度無恥的精神，毫無掩飾地一直吃；吃飽、吃撐，從來沒辜負阿嬤的叮嚀。對我來說，能吃到家常料理，儘管是發生在別人家，也會有一種莫名的歸屬感，而那種心靈的溫暖，往往會讓人熱淚盈眶。因為我知道，就算已經離職了，不管何年、何月、何故，只要我來阿嬤家，阿嬤永遠都會為我多準備一副碗筷。

「要吃飽喔！」阿嬤再次提醒。

「有啦！我吃很飽了，吃了兩碗飯。」我邊洗碗邊回答阿嬤。

「你下午有空嗎？」

「有啊！阿嬤你還要到哪邊嗎？」

「不然你載我到大村、花壇、芬園這幾個地方，我想送一些禮盒給大家。」

「好啊！禮盒在哪裡，我搬上車。」

因為老闆從事畜牧業，平常跟地方農會有業務往來。所以每到年節前夕，阿嬤家中就會出現各式農會禮盒，是特別準備給一些合作廠商、親朋好友，還有阿嬤認為有需要的人。

午餐過後，我將阿嬤交代的十五盒農會伴手禮放上車，便帶著阿嬤與飽肚的溫暖，驅車前往阿嬤指定的地點。

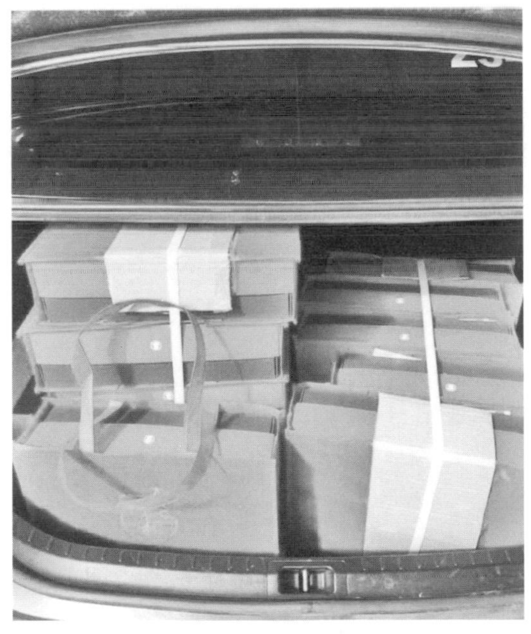

紅包

因為正值午休時段，在車內，我與阿嬤並無太多交談，想說老人家應該有午睡的習慣，讓阿嬤在車上小憩片刻，下午才有精神去跑好幾個地方。

沒想到，從車廂內的後方傳來紙張摩擦的聲音，我透過後視鏡看見阿嬤正在低頭包裝物品。因視線死角，我並不清楚阿嬤到底在忙些什麼，一直到等紅燈的時候，我才回頭確認，發現阿嬤正在分裝紅包。

我打趣的說：「阿嬤，還沒過年就要發紅包了喔！」

阿嬤只是微笑，繼續分裝紅包，並沒有多做回應。

沉默半晌後，阿嬤終於開口說道：「每次過年前夕，阿嬤都會包紅包，分送給一些甘苦人，讓他們比較好過年。阿嬤沒有在賺錢，所以能力也有限，看有多少的能力，就幫多少忙，不然鄉下地方，有很多人都過得很辛苦，我們現在比較好過了，有能力就應該幫助別人。」

我這才恍然大悟！原來上午阿嬤叫我領兩萬元現金，只有部分幾千是要採買物品，其餘都是要以紅包的形式發放給一些甘苦人。聽完很感動，我想，如果這世界上真的有天使會隱匿翅膀出現在人間，那麼她現在一定坐在我後面。

我載著阿嬤經過大村鄉的某個賣飲料的小攤位，阿嬤請我靠邊停車，並拿一盒伴手禮送給攤位老闆娘。其實那位老闆娘並不太記得阿嬤是誰，經阿嬤解釋之後才慢慢將過往記憶拼湊起來，並受寵若驚的收下禮盒。阿嬤連這種淡薄到容易被遺忘的交情都願意送禮盒給對方，這樣的大器難能可貴。臨走前，老闆娘要請我們喝她賣的飲料，但我們婉拒了。

然後，我們來到某個豬肉攤，阿嬤請我將五個禮盒搬給攤販裡的五個人，並將自己預先準備好的幾袋紅包交給老闆，請他發放給附近辛苦的人。阿嬤與其寒喧幾句就離開了。臨走的時候，老闆還特別跟我強調：「你阿嬤是位大善人。」

「我知道。」我真心的回答著。

接著，我們來到一處老舊建築物，鐵捲門是半開啟的狀態……阿嬤在門口呼喊。

沒多久，走出一位老婦人；老婦人見到阿嬤很開心。阿嬤請我將剩下的禮盒給搬下車，只預留要送給我的一盒在車上，其餘的都交給這位老婦人託其轉交給其他甘苦人。

老婦人本邀請我們至屋內坐坐聊聊，但阿嬤說待會還要去別的地方，我們索性就坐在門口的幾張木椅上聊聊天。

「這個年輕人是誰？」老婦人問阿嬤。

「這個喔！這個是我的孫子啦！」阿嬤說。

「你孫子都那麼大了喔！」

「對啊！有英俊嗎？」

「有啦！」

我坐在一旁難為情地笑著。

老婦人轉頭望向我，跟我說阿嬤是位大善人，逢年過節都會準備紅包去幫助甘苦人，已經連續不曉得幾年了，我們都很感謝她。我在一旁點頭如搗蒜，聽了很是感動。原來今天的包車行程，是在執行這麼有意義的事情，也很敬佩阿嬤用實際行動去付出她的「善心」，而不是將善心單純揮灑在冰冷的匯款帳號、金錢數字上。

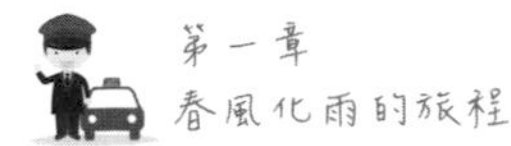

阿嬤——一位傳統的家庭主婦，對於日常生活用度上的零頭小錢都很算計，但在傳遞愛心的時候卻毫不手軟。她的人生已邁入耄耋之年，沾滿歲月風霜，身體的功能性更是逐年退化，行動步履蹣跚、無法久站。但每逢年節，她仍是不辭辛勞，提前準備禮盒、紅包，親自送給那些弱勢族群。

「也不知道還能送幾年，只要阿嬤還能走，健健康康的就會繼續送。」阿嬤在回程的路上這麼跟我說。

即使記憶力大不如前，時常喊錯我的名字，也總是重複問著相同的問題，但關於年節送暖這件事，阿嬤始終沒有忘記。

回到阿嬤家，臨走前，阿嬤跟我說：「國忠啊！有空常過來泡茶喔！若有需要坐車的話我再聯絡你。」可愛的阿嬤，還是把我的名字叫錯了。這次我並沒有糾正她，只是微笑跟她揮手道別。

身體力行的行動

今天是2019年的最後一天。回想年輕時，每到12月31日這天，從一上班開始，就在想著晚上該去哪裡跨年慶祝，雀躍的心，在上班時間蠢蠢欲動，根本無心於工作。現在，年紀大了，有了家庭、有了甜蜜負擔、有了經濟壓力，每日為了賺錢疲於奔命，有時回到家都已夜深，根本無心思考什麼跨不跨年，更別逞論出門狂歡！頂多就是在倒數前，打開電視轉播，配上幾瓶啤酒，新年也就這麼迎接了。

隨著年紀增長，生活越是趨於平淡，凡事都以「工作」為優先考量，上班對我來說，就單純只是一個用時間長短去換取相對報酬的生活模式。日復一日、年復一年，從未想過開計程車這樣平凡無奇的職業，能替自己內心掀起什麼漣漪。一直到今日阿嬤包車，我的心態才有了轉變。原來，自己每天服務的客人，都承載著不同的故事，劇情有好、有壞、有歡喜，也有悲傷。而今天的行程，不單單只是服務阿嬤一人，還有更多的弱勢族群，我也透過阿嬤溫暖的雙手，一併服務到了。

「當我們有能力的時候要幫助別人。」這句話從小耳濡目染，相信你我都知道。但大部分的人都選擇了最快又最省時的方式—捐款！我也不例外！並不是捐錢不好，而是在服務完阿嬤之後，我發現行善的方法，有比捐錢更好的模式，那就是：將你的善良，付諸「行動」。當我們用「行動」—身體力行的去做一些溫暖的事情，你得到的反饋也將會是溫暖的。也許只是一個眼神的回應，也許只是一撇嘴角的揚起，也許只是一雙緊握的雙手……這些簡單的回應，都比「數字」來得更有意義。就像阿嬤一樣，即便不良於行，也要堅持在每年年底親送關懷給那些弱勢族群，而我在那些接收到愛的人的身上，看到了滿滿地感謝與感動。

或許，對於一般人來說，阿嬤只是一位平凡的地方長者，但對於這些弱勢族群來說，阿嬤，無疑是位心地善良的人間天使，而我也從這位天使阿嬤的身上學到了：如何竭盡一己之力，分享無私的愛與關懷。

住在貨櫃屋的一家人

車機終於響了！

我開心地即刻開往乘客叫車地點，一路上心情愉快，但也充滿疑問與好奇。

因為上車地址的後方備註清楚寫著：貨櫃屋門口等……

人生好難

也許，我們都高估了這個世界的美好……

一場疫情，讓許多人沒有了事業、失去了工作、生活陷入困境……如果你沒有上述難題，那麼恭喜你，真該心存感激！

可你知道嗎？這世界上每個角落，仍存在著無論走到哪，盡是死胡同；在汪洋中載浮載沉，永遠無法乘風破浪，不論飄到哪，都是死海的悲劇人生。

「看！又沒出車。」

「哇靠！退隊了退隊了，這樣的生意怎麼過活。」

「還好有補助，不然這種生意不餓死才怪。」

「唉！來去找外面的工作好了。」

今年的二月份到五月份，是新冠肺炎對計程車生意影響最為慘烈的時候，每天都有司機在抱怨生意太差、生活過不下去。有很多向車行租車營業的司機選擇在這個時候「退場」，先去外面找工作，就算只是打打零工，收入也會比開計程車高，最起碼不用負擔平均一天750元起跳的「車租」。

「唉，人生好難！」枯坐在車上的我忍不住輕嘆。回想剛剛進高鐵排班的時間是下午一點多，目前已經下午四點了。四點了！四點了！排了兩個多小時，我竟然還沒出車，這種生意真的是慘絕人寰。

因為在車上排班等得太久，我擔心身上會長出香菇或結出蜘蛛網之類的東西，所以下車活動活動筋骨，與其他司機聊天打屁。

「生意真的超差，我從一點多進場排到現在四點多還沒出。」我搖著頭，跟排在我後方的司機說。

「快輪到你了啦。」後方司機嘆著氣回應，因為他也跟我一樣。

「終於，這趟出完我就不要再進高鐵了。」我露出感動的表情。「希望這趟可以出遠一點，衝一下營業額。」我接著說。

通常生意差的時候，出的任務越遠越划算；反之，生意好的時候，司機們都希望載到近的。因為尖峰時段可以一直承接任務，客人一上車，依彰化現行費率起價就是100元。所以生意好的時候，多半以「趟數」取勝，而生意很差、根本沒客人的時候，則是要以每趟的「距離」為考量。可以試想一下，若以現在這種平均三個小時才出一趟的形勢來看，若連續都出一百多塊的任務，那會是相當慘烈且令人難過的事情。

很不走運地，這趟任務只載到田中火車站。又近又難開（紅綠燈多），跳錶金額135元，非常地慘烈。

派遣車機的任務

任務結束後，我沒有再回去高鐵，因為擔心進去排班之後，下一趟出車可能是晚上八九點的事情。我將車緩緩開到高鐵附近的一間廟宇空地旁停放，將車熄火、打開窗戶，就坐在車上休息，守著衛星派遣車機，希望外面有任務可以承接。高鐵生意差的時候，就不需執著一定要進站排班，有時穿梭在大街小巷，守著車隊提供的衛星派遣車機，可能會有意想不到的驚喜。

過了十分鐘……二十分鐘……就這樣過了半小時……車機依然鴉雀無聲。失落如我，正準備發動車子，慢慢地開回家。突然，車機響了一通任務，我評估地址離我不算太遠，按下了「承接」。

「耶嘿！幸運之神還是眷顧我的。」我內心雀躍，畢竟生意慘淡，有任務可以接就已經不錯了。

開往乘客叫車地點的路上心情還不錯，但也充滿疑問與好奇。因為上車地址的後方備註清楚寫著：「貨櫃屋門口等」。

貨櫃屋門口等？

開車途中，我一直在思考為什麼會約在貨櫃屋門口上車？因為地址是個很偏僻的地方，那邊既沒有商家經營貨櫃觀光事業，也沒有設立貨櫃租賃買賣公司，會在極為偏僻的地方搭車就已經夠詭異了，而且還是約在貨櫃門口。

「會不會是某個出差的工作人員來巡視自家貨櫃倉庫，正準備離開呢？」我的心中不斷揣測。

我照著導航的指示走，天色越來越昏暗、道路越開越小條，幾乎來到了荒郊野外。我再次看了導航，確認目的地就在此處，接著環顧四周，確認乘客會站在哪邊等我。

結果，除了田地以外，只有一片荒蕪。

「誰會在這邊叫車啊？哪來的貨櫃屋。」我忍不住在心裡嘀咕。

我開著車在附近徘徊，因為鄉下的地址，容易跟導航有誤差，尤其是「農地」、「農舍」、「廠房」這類的地點，我擔心目的地並不在此，而是在附近。於是，撥了乘客的電話，想確認乘客到底人在哪邊，結果乘客的電話也沒接通。

「該不會是惡作劇吧！？」我開始忐忑不安。生意就已經夠差了，結果還被有心人士惡作劇，到底是誰那麼過份，如此糟蹋司機啊？

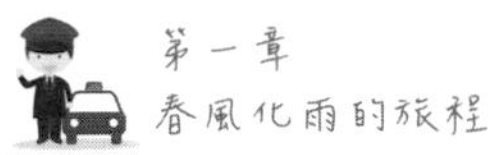

「看！就不要被我抓到！」我怒火攻心。

隱身在樹叢裡的乘客

幾分鐘過後，我按下任務「未現」，就準備離開了。正要調頭之際，隱約在不遠處的樹叢旁看到一個身影，我開啟遠燈仔細端詳，確認自己是否看錯。結果真的有一位年輕男子站在樹旁邊向我招手，他擔心我沒看到，還特地往道路中間靠近。

我緩緩開車靠過去，果然在那一片樹叢之後，看到了貨櫃屋。

「這個地方也太難找了吧！你怎麼那麼慢才出來，打給你電話也沒通，我差點以為是惡作劇，要把車開走了。」我忍不住對年輕人抱怨。

「不好意思，因為剛好在忙其他事情，所以沒有出來。」年輕人回應。

看在年輕人有禮貌的份上，我就沒有再多說什麼，只想趕快結束這趟任務。

「先上車吧！要去哪邊？」我一邊說一邊開車門請年輕人上車。

「嗯……司機大哥，我是要到〇〇〇醫院，但不是只有我一個人要坐，還要載我的父親。」年輕人回應。

「可以啊！那你父親呢？請他上車吧！」

「嗯……因為我父親行動不便，只能躺著，所以必需要讓他橫躺在你車子的後座。」

「躺著？我是無所謂，但是載得下嗎？」我懷疑。

一般中年男子的體重少說也有六十公斤，我腦海中不斷模擬橫躺在汽車後座的畫面，怎麼想都覺得不可能載得下啊！

「嗯……司機大哥你跟我進去看看。」年輕人態度恭敬地要求著。

「好啊！我跟你進去看看。」我決定進去評估。

進到貨櫃屋之後，我被映入眼簾的畫面給震撼了，久久無法自己！

原來那外觀看似荒廢已久的貨櫃，既不是倉庫，也不是廢棄物，而是一個住家；裡面承載了一整個家庭的重量，也塞滿了凌亂不堪的蝸居生活。客廳的地面，沒有一處是淨空的，放滿了日常用品、家電、線路，無法自然邁開步伐行走，只能用一種滑稽的、刻意的姿態前進，才能避開地上物品。

「小心！不好意思，家裡太亂了。」年輕人跟我賠不是，因為我的腳不小心勾到延長線而差點跌倒。

我看見一位乾癟如柴且毫無血色的老先生，側身蜷曲在「床上」發出痛苦的呻吟，不，與其說是床，不如說只是由幾片有歷史的木板組合起來的箱子而已。當時彰化的氣溫正炎熱，老先生卻瑟瑟發抖，其原因肯定是病痛引起的。門外野狗的吠叫聲，遠遠不及屋內老先生的哀號來得淒厲。

這樣的畫面，真希望自己這一輩子都不要再看到了！

「這位是你父親吧！」我問。

「嗯！」年輕人點頭。

「快！趕快一起把你父親抬上車。」

我們就這樣一頭一尾，合力將年輕人的父親抬上車後座，當下也忘了自己只是為了「評估」才進年輕人家門的。但因為老先生的樣子感覺非常痛苦，需要趕快送至醫院才行；同時，我目測老先生可能不到四十公斤，車子後座應該是載得下。而且，情況緊急，我根本無法顧慮安不安全、合不合理、划不划算、應不應該……這些事，我只希望老先生能趕快送到醫院，接受治療，減輕痛苦。

「司機大哥，你等我一下，我要準備一下父親的東西。」年輕人央求。

「好，我先在車旁顧你父親。」

「好！」年輕人講完之後，就加快腳步，忙進忙出。

當下我看不懂年輕人在忙些什麼，有什麼事情是比自己父親要去掛急診更重要的？後來才發現年輕人在準備一些衣物，可能計畫要住院之類的。

我看年輕人像個無頭蒼蠅一樣在家中亂竄，便出聲提醒：「沒關係，你要帶什麼先想清楚，不要急，我會等你，不要太匆忙而遺漏了。」

年輕人拿出一袋衣物出來放上車，接著又想到些什麼，再請我等他一下。我看著年輕人，他手中拿著醫療用的導管，蹲在廁所的地板上細心清洗。

這時候，我的世界彷彿靜止了，又或者說，眼前的畫面，彷彿就是我的全世界。

野狗的吠聲依舊，老先生的哀嚎也從未間斷，但此時的我卻心靜如水，專注地、靜靜地，看著年輕人清洗醫療用導管。

他蹲在昏暗的廁所，在只有一盞搖搖欲墜、微弱的鵝黃燈泡照耀下，仔細清洗著醫療用導管，在時間緊迫的當下也絲毫未見馬虎。廁所並沒有洗手臺，只有一個位置及膝的簡易水龍頭，而出水口下方，放置一個臉盆，用於盛裝使用過的水。

那些水，想必是用來拖地或沖馬桶吧！

在愈來愈富裕的社會裡，大多家庭裡都裝有洗衣機、洗手臺，只有一貧如洗的家庭，才可能沒辦法跟上社會發展的速度，只能被迫置身事外。

燈光灑在年輕人的側臉上，也許是因為廁所過於昏暗的關係，那燈光，雖然微弱，雖然搖搖欲墜，卻也像是千年暗室裡的一把明火；那畫面雖辛酸，卻唯美。

「難得！」我打從心底佩服這位年輕人。

病痛的老父親

年輕人終於上車，原本他要坐在副駕駛座，但被我拒絕。

「你要跟你父親一起坐在後座，就算擠一點也沒關係，看要讓你父親的頭靠在你的腿上或是腳靠在你的腿上。」我開啟後座車門示意要年輕人進去。「若是讓你父親一個人躺在後座，我擔心開車的時候一個轉彎或一個煞車，都有可能造成你父親摔下來。到時候發生什麼意外，我一個小小的司機，沒有辦法承擔那種責任。」

此時年輕人明白了我的意思，所以硬「擠」上車，並呈現出一種不符合人體工學的姿勢坐在後座，扶著他父親的頭。

「忍耐一下，距離不遠，很快就到了。」我幫年輕人關上車門回到駕駛座位，「好，出發。」我按下計程表，往醫院的方向去。

行車的過程中並無太多交談，我想彼此都需要一個安靜的空間。我需要沉澱心靈，試圖忘卻剛在貨櫃屋時映入眼簾的畫面；年輕人也需要靜下心來，好好思考如何安頓父親。

「啊……啊……啊……」年輕人的父親不斷發出痛苦的哀嚎聲，因為除了慘叫以外，老先生什麼也做不了。

「爸，快到了喔！你再忍耐一下。」年輕人試圖安撫父親，雖然口頭安撫對病情無濟於事，但卻可以緩和車廂內沉重無比的氣氛。那些沉重來自於「驚恐」、「徬徨」、「未知」、「痛苦」、「無助」，你要知道，身處在車上封閉狹隘的空間內，任何的言行舉止都會被無限放大，尤其是淒厲的哀嚎聲。

我不敢多想、不敢多言，也不敢多問，只知道奉行計程車司機應該具備的服務態度，專注地開車，迅速、平安抵達醫院，讓老先生接受妥善的醫療照護，減輕痛苦。

「啊！」年輕人突然叫了一聲。

「怎麼了嗎？是不是有什麼東西忘記帶要回去拿？」我問。

「司機大哥，你那邊有沒有多的口罩？」

「有啊！我給你。」我從置物櫃取出一個新的口罩給年輕人。

「因為我只帶到自己的口罩，忘記準備我爸的，怕待會醫院不讓我們進去。」

「沒關係，我剛好有，你拿去用吧！」

「司機大哥，待會看完醫生……」年輕人提問。

「可以，我會等你。」還沒等年輕人說完，我就打斷他的話，因為我知道年輕人接下來要問什麼。

我的經驗告訴我，他的父親看完醫生，若評估後不用住院的話，一定還需要坐車回家。而在這種鄉下地方的小醫院是沒有排班計程車的，就算有排班計程車，司機看到父子倆的情況，可能不會想載，或是要載的話需加價。而稍早才看到這對父子住處的我，有充分的理由相信，他們並沒有能力負擔多出來的費用，所以我才會答應要等他們父子倆。

我跟年輕人說，若確認要住院的時候，請用電話通知我，我就先行離開；若經醫師評估不用住院，需要搭車回家的話，也請年輕人提前與我聯繫，這樣才不用等太久。

「總共 190 元，待會確定結果怎麼樣，再打電話給我，慢慢來不用急，我一定會等你的。」我按下計程表的結帳功能。

●

年輕人付完車資後，到醫院門口借了臺輪椅並推到車門旁，我們合力將他父親扶上輪椅，接著年輕人幫他父親戴上我送的口罩，然後就進去醫院了。我則是在醫院的停車場，先將全車內裝徹底清理並消毒一遍。會需要「清理」，是因為老先生的皮膚因長期缺乏營養而導致蠟黃乾燥，在攙扶安置的過程中，磨出了許多皮屑在座椅上。不過沒關係，車髒了，擦乾淨就好。只是我必須確保下一位可能搭車的乘客有個整潔舒適的乘坐空間，所以必需馬上進行清理。

在等待的過程裡，我漫無目的的開著車在醫院附近閒晃，剛好經過一間自助餐店，才突然想起自己尚未吃晚餐，便在附近找了個車位停車，進自助餐店準備用餐。不曉得是因為自助餐店即將打烊，「剩菜」的選項無法挑起食慾，抑或是那對父子的現實生活帶給我巨大的衝擊，原本飢餓難耐的我，竟然毫無食慾。

「一共90元。」老闆計算盤中的食物並開價。

付了錢，我隨處找一個位置坐下，我盯著盤中的雞腿發呆，並沒有動起筷子。

「90元的便當，他們吃得起嗎？」突然鼻子一陣酸，一股想哭的衝動湧上。頓時覺得自己前陣子還擔心疫情關係而不能上健身房運動，根本是庸人自擾；不斷抱怨疫情衝擊而導致生意每況愈下，更像是無病呻吟……與那位年輕人相比，我根本是太幸福了！以往那些只會出現在社會新聞裡的事件，如今活生生的在眼前上演，若不是親眼所見，根本無法體會它帶來的衝擊有多大！

突然手機鈴聲響了～～

「喂！我是剛剛那個被你載去醫院……」電話那頭傳來年輕人的聲音。

「我知道，情況怎麼樣？還好吧？」我關心地問著。

「還好，醫生說不用住院，我們待會就可以離開了。」

「好，那我現在馬上過去醫院，在你們剛上車的地方等。」

我隨便扒了幾口飯菜，就把晚餐當作廚餘倒掉，驅車趕往醫院。

載了父子倆上車，奇怪的是，不知何故，回程的時候，車上氣氛竟輕鬆了許多，已沒有去程時的那種壓迫感。我猜想，應該是知道了老父親狀況尚穩定，不需住院的關係吧！

在車上我與年輕人閒聊才知道，原來是父親的鼻胃管掉了，所以才會這麼痛苦不堪，需緊急送回醫院請醫師裝回去。乍聽之下並不是什麼大問題，老先生也不再發出哀嚎聲了，但臉上表情始終痛苦。

「沒事就好！沒事就好！」我表現出如釋重負的樣子，但其實內心沉重無比。

「司機大哥，待會我們下車之後，你記得車上要消毒喔！畢竟現在是非常時期，又有到過醫院，還是小心一點比較好。」年輕人貼心提醒著我。

要安頓病入膏肓的父親都自顧不暇了，卻還會替別人著想。我將口罩拉高，帽簷壓低，不是擔心感染肺炎，而是不想讓年輕人發現，我正在流淚。

「到了喔！」我說。

「好，司機大哥，這樣多少錢。」年輕人拿出錢包。

「不用急，我們先把你父親安頓好再說。」我下車並開啟後方車門。

這時貨櫃屋門口出現一位精神狀況不太好的女性，她把眼睛瞪得老大，對年輕人說著我聽不太懂的話。

「這位是……」我看了看年輕人。

「她是我母親。」

這時我才恍然大悟，原來年輕人除了要照顧病入膏肓的父親，還需兼顧母親……我的天啊！這樣要怎麼生活？

遇上這家人後我才明白，我們拚了命賺錢是為了過上更好的生活；然而，有些人正在燃燒性命，只是為了活下去。

患有精神疾病的母親

原來，這年輕人的母親患有精神疾病，表示他不僅要照護重病的父親，還要分身照顧母親……一想到這裡，我的淚腺又準備開始分泌。我趕緊用力眨眨眼睛，讓自己冷靜下來。

我跟年輕人一頭一尾合力抱著父親往貨櫃屋裡移動，但因為我們並不是專業的照護人員，所以抱起來相當吃力，移動時重心也不是很穩，而那位女性又不斷地問問題干擾年輕人。在這樣慌亂的情況之下，一般的照護者常會將不悅與不耐煩顯現在臉上，甚至還有可能對患有精神疾病的親人大聲喝斥……但眼前這位年輕人並沒有。

「媽，你先進去客廳，你先進去坐著休息。」年輕人用溫柔的語氣跟她的母親說話，而且我沒有在他的臉上看到一絲無奈與不悅。

母親聽完兒子的話，才走進去客廳並找了張椅子坐下。我們將年輕人的父親安置在床上，這趟任務也總算完成了。

「多少錢，不好意思耶！讓你等那麼久。」年輕人趕緊走到我面前，便低頭拿錢包，準備掏錢出來。

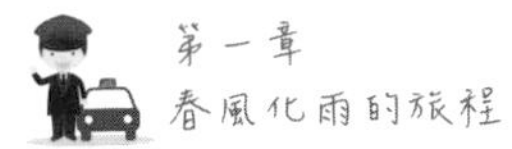

「不用了啦！我也剛好順路要回家。」我被年輕人的行為感動，我不知道具體原因是什麼，也不確定他這樣算不算孝順。但當我看到他在安置病入膏肓的父親同時，還需兼顧患有精神疾病的母親，那是要擁有一顆多強大的心臟，才有辦法在這樣的困境立足，才有勇氣去面對一般人可能直接就崩潰的生活。

是的！我同情他，我同情這位年輕人的遭遇，但我不想表現出一臉難過的樣子。所以在回程的路上，我假裝樂觀，侃侃而談，只是不希望讓年輕人認為，我覺得他的遭遇很慘、很糟、很悲催、很需要幫助。畢竟，不管貧富貴賤，每個人都有尊嚴。

所以，去醫院的時候，我找不到任何理由可以不收他車資，我也擔心，去程不收車資的話，回程年輕人就不敢打給我了。所以，即便我不想收，但還是必須得收，現在想起來，這應該也算是一種溫柔吧！

「真的嗎？」年輕人雙眼瞪得大大的，一臉詫異的看著我。

「真的，我剛好順路要回家。」其實，我心中有許多話想對年輕人說，卻又不知道該怎麼說，深怕我一個忍不住又哭了出來。

「加油！」我拍了拍年輕人的肩膀，只能擠出這兩個字。

「有需要再打給我。阿姨，再見。」我對著坐在客廳的阿姨鞠躬告別。然後，以最快的速度，回到車上、發動引擎，離開那個「想哭」的現場。

但，其實我根本就不順路，也沒有打算回家，而是往高鐵的方向開去。一來是最近生意不太好想拚一點，二來是我的情緒近乎崩潰了，無法用正常的心情去面對家人，我不敢想像回家之後，家人看到我如喪考妣的樣子，會問些什麼問題、關心發生什麼事。現在的我，什麼都不想說明、不想解釋，只想放聲大哭。

八公里的眼淚

回程的路上，我抑制許久的情緒終於爆發！

從年輕人住的貨櫃屋開回高鐵，那將近十公里的路程大概有八公里我都是處於哭到不能自己的狀態……我還記得上次哭那麼慘的時候，是兩年前父親剛過世的時候。哭，是因為自己無能為力。

我非常清楚當自己開車離去，年輕人將貨櫃屋的大門鎖上之後，他們一家人的生活還是一樣，並不會因為我這趟免費車資而有所改變。不可能！所以我能做的只有放聲痛哭，就像是為他們一家人的遭遇哀悼一般，也像是替自己的無能為力找個宣洩的出口。整個情緒釋放的過程中，我覺得自己好渺小、好脆弱、好失敗。即便我擁有人人稱羨的身材、有令人不敢恭維的滿身刺青……但我能做到的卻只是那一兩百元的免費車資，其他的我什麼都做不了，一想到這裡，一想到自己的無力，眼淚又忍不住地噴發。

其實一直以來，我都堅信「施比受更有福」。雖然社會上的邊緣家庭或弱勢人口，我們無法一一協助，但起碼在老天爺給你機會遇上的時候，若可以適時伸出援手，即使只是一點點的幫助，都可能對需要的人帶來極大的改變。如同那不到兩百元的車資，對我來說只是兩餐的伙食費，雖不能改變他們一家人的現況，但相信定能讓愈來愈冷漠的社會增添些許溫暖，同時也能讓自己真切感受存在的意義。與這貨櫃屋一家人的際遇，相信我這一輩子都不會忘記！

外籍移工

許多人用臺語稱呼外籍移工，越南的叫「瓦南罵」、泰國的叫「泰勾啊」、印尼的叫「印尼欸」，而我就是「瓦性欸」、我父親則是大家口中的「老芋仔」……

月初的週末夜晚

火車站附近群聚喧鬧、東南亞商店喝酒唱歌、公園裡總是帶著耳機視訊或直播、騎著腳踏車或電動車逛市集……這些都是那群在異國不被大多數人理解的移工，自有的一套排解鄉愁的方式。

通常在路上遇到，你不會搭理他們，但不可否認，生長在臺灣這片土地上，我們的生活其實早已跟外籍移工密不可分。舉凡：你喝的茶葉、住的房子、開的汽車，甚至是路上不良於行的長者，都有可能是移工在臺灣的工作範疇。

去年某個週日夜晚，生意大好。我在高鐵排班時載到四位越南籍移工，他們一個接著一個上車後，濃厚的酒氣瞬間撲鼻而來。我不覺得意外，因為每個月的月初到月中，是移工發薪水的日子，跟大部分的臺灣「月光族」一樣，剛領錢的時候就會找地方大肆慶祝，或是買些禮物犒賞自己，然後月底沒錢，準備吃土。

只是臺灣的月光族到了月底是真的沒錢花了，但外籍移工不是，他們只是沒有零用錢可以花，而不是薪水全部花完。因為合法申請移工的公司，大多數都會預扣一些薪水，一部分是分期償還給仲介公司的仲介費，另一部分則是直接寄回老家，等於是在強制幫他們儲蓄。所以，每個月的第一、第二週的週末，這群外籍移工便是我們計程車司機的主力客戶，貢獻了相當程度的業績。

我們沒有蓋高尚

對移工而言，週末微醺，是他們剛發薪水時的必要娛樂，因此，計程車是週末出去消遣的主要交通工具，尤其是在喝酒過後。

我的這趟任務也不例外，四位全部都喝了酒……

「去彰化火車站。」其中一位懂一點中文的移工對著我說。

「彰化火車站很遠喔！跳表要七百多塊。」

「那麼貴啊！」

「對啊！那裡很遠，要三十幾公里。」

「五百！」移工議價。

我搖搖頭。

「六百！」

我還是搖搖頭。

因為當時的生意很好，去彰化火車站的路上會塞車，況且車上坐滿四個人，平均算下來一個人負擔的車資不多，我找不到任何需要便宜他們的理由。

「不然，我載你們去田中火車站，不到一百五十塊，你們再買票坐去彰化火車站就好了。」說完，我便往田中火車站的方向開去。

「七百！」在車內，移工持續議價。

我依然搖搖頭，繼續往田中火車站的方向開。「吼～～」那位不斷丟出數字的越南移工，終於放棄議價。他嘆了口氣後，丟出了一句相當標準的臺語：「幹、你、娘！」

聽到這個操著一口不是很標準的國語，同時滿身酒氣的外籍移工，竟用如此標準的臺語「問候」我時，頓時怒火中燒，但當下我忍住怒意，並沒有多做其他回應。因為在幾次深呼吸過後，我發現還有比生氣更重要的事情可以做，就是去思考他這一句三字經背後，到底藏著什麼問題。由此也不難看出，為何在計程車客運業裡，司機與移工發生肢體衝突的事件時有所聞，原因無他，就是語言產生的隔閡。

每個人對於那些髒話的認知不同，你可能覺得這些外籍移工很粗俗、沒教養，好的不學卻學那些有的沒的，難怪只能當外勞。但我想強調的是：這些「問候語」百分之百都是臺灣人教的，從外籍移工說話的方式，就可以反映出他處在什麼樣的職場環境。

大部分在工廠裡做勞力工作的，時常都會用髒話互相問候同事，這是勞動階級的低俗文化；而在長照中心或私人僱請的看護工作，一般臺語會比國語更好，因為很多被照顧的老人只會說臺語；而國臺語都相當標準，但還是聽得出來非本土口音的，很有可能就是多年前嫁來臺灣，現在已經是我們的新住民了。

當我們嫌棄這些外勞低俗、沒品、沒教養的時候，其實等於是在罵自己。我不相信他們能無師自通學會臺灣道地三字經、五字經……真的那麼有天賦的話，怎麼沒遇過移工跟我討論《資治通鑑》!?關於出口成髒，其實在勞動階級裡都一樣，差別在於，臺灣人會在適當的時機下使用髒話，但外籍移工通常分不清使用的時機及場合。所以在無知的情況下，很容易就得罪了臺灣人。那些他們誤以為的人情味、玩笑話、接地氣，實際上卻是冒犯。更無奈的現象是：臺灣人罵臺灣人，可以說你是性情中人；臺灣人罵外勞，理所當然；外勞罵臺灣人，你算什麼東西!?所以，我並不怪他們，因為自己也是屬於低俗文化的其中一員，比起那些移工，我不認為自己高尚到哪裡去。

恍如身在異鄉

我這一輩子跟外籍移工特別有緣！年輕時，因為家庭因素而失學，要符合一般職場上的標準期待，先天條件就嚴重不足；尤其是在這文憑掛帥的社會價值觀裡，我就是大部分長輩口中，沒什麼出息的年輕人。所以，能應徵的職業也相當有限，幾乎都只能入職薪水低的服務業，或是包裝「夢想」的零底薪業務、傳直銷，想要務實一點的穩定收入，就只能成為勞動階級的一分子。

我就是標準的勞動階級，人生將近三分之一的時間都貢獻在廠房的生產線上。那些你不想搭理的外籍移工，很可能是我昔日的同事，或是今日服務過的乘客。因此，我能站在移工的角度去看待他們，對他們多一分理解與包容。

記得當時我還在傳產當基層管理者的時候，有一個週末，我跟著某位比較熟識的越南移工阿福，到傳說中的東南亞俱樂部—臺中第一廣場，簡稱「一廣」。其實我很清楚邀請我去的阿福在想些什麼，他只是要我充當免費的司機而已，畢竟彰化南邊跟臺中第一廣場，還是有幾十公里的路程，大眾運輸不好到達。

雖然我都知道，但並沒有戳破；而且在好奇心的驅使下，自己也想進去參觀參觀，開開眼界。若沒有認識的人帶領，要獨自前往充滿異國人的神祕場所，還是會感到害怕的。所以，對我來說，這就像是一場奇幻冒險，而且能在臺灣品嚐道地的越南美食，也是一種另類的味覺享受，即使只是充當義工司機，我也還是樂在其中。

說實在的，我很喜歡他們餐廳裡那種輕鬆、隨性且帶點微醺的氛圍，每位來到這裡的外籍朋友，都能很自在的大聲聊天，像是把餐廳當成自己的家一般；甚至，時不時投枚硬幣高歌一曲，即使在大庭廣眾下，也不用擔心會遭人白眼。雖然這裡是臺灣，但環顧全場，卻看不到半個臺灣人，被他們包圍之下的我，竟有種恍如身在異國的錯覺。

就在我恍惚之際，突然屋頂中央一道光緩緩灑在我身上。沒錯，這將近三十坪大的開放式餐廳，只有我一個臺灣人。於是，我成為所有在場外籍朋友關注的焦點。

阿福用不標準的臺灣話跟我交談，也拿起被遺忘在角落的國語歌本給我，叫我點歌。雖然我的綽號是「三重劉德華」，而且臉皮有幾公里這麼厚，但還是婉拒了！看著現場大家都唱著越南歌，突然我一個人唱起沒人聽得懂的臺灣歌，就算我的歌聲如天籟，少了聽眾也是枉然；況且我的心臟也承受不了被幾百雙眼睛注視的壓力。

令人驚奇的異國文化

在餐廳點餐的時候，我看著中越雙語菜單，保守點了份越南河粉及炸春捲，我心想，這算是兩道在臺灣很普遍的越南料理，能降低吃不慣而浪費的風險。但是，後來阿福加點的豬血料理讓我不敢恭維。大部分在臺灣的豬血料理，除了豬血糕與豬血湯，有些自助餐店會用豬血炒酸菜，因為成本便宜又下飯，很適合拿來作生意。在我僅有的烹飪知識裡，豬血也就只有上述幾種料理方式。但是阿福點的豬血料理，送上來的時候著實令我大吃一驚！第一眼看到時，還以為是蔓越莓汁。他們把豬血做成類似像果凍一樣的半凝固狀，然後在上面灑些香菜及香料，就這樣生吃！

「班長，這個很好吃，你要不要也來一點，我幫你叫。」阿福吃得津津有味，嘴唇邊還沾滿血紅色素，有點像是小孩在吃（紅肉）火龍果。

「不要不要不要，你吃就好。」我看到阿福的吃相後，極力搖頭。

吃到一半，阿福的老婆剛好打電話來，他將電話遞給我說：「班長，我老婆要跟你講電話。」

我伸手接過電話，並準備好用學習了近十年的英文來跟他妻子交談。

「Hello?」

「班長您好，我是他的老婆啊～我們家阿福時常跟我說你對他很好……希望你以後要多多照顧他啊……謝謝你啊！」詳細的對話內容我已不復記憶，我只記得當時我們用「臺灣話」聊得很愉快。

餐廳門口還擺了幾張小茶几及板凳，移工們坐在板凳上喝茶聊天，阿福也向我說明，他們在越南下了班，很喜歡像這樣跟朋友聚在一起吃吃喝喝。

「這個茶很好喝喔，累累喝了不會想睡！」越南同事的真情推薦。

我嘗試了一杯，有點像玄米茶，但不是熱的，而是加了冰塊。特別的是：盛裝越南茶的容器，並不是用茶杯，而是用裝威士忌的透明酒杯。這點讓我印象深刻。

茶几中央還擺了一盤滿滿的葵瓜子，大家都在拚命嗑瓜子，然後用我聽不懂的語言熱烈地交談著。地板上還有一個小鐵桶，裝著類似吸食鴉片的器具，桌上一個威士忌杯裡裝滿菸草，大家將菸草放到器具的溝槽裡，並點火輪流吸食。不知情的，還以為這裡是毒窟。

阿福解釋，這個東西叫水菸。在越南沒有錢買進口香菸，才會抽這個。我比較訝異的是，好幾桌的男人，加起來超過十位，都是輪流吸食這支水菸，而不是一人一支。從這點也可看出他們對於衛生的認知，跟臺灣相比，還是有相當程度上的差異。當然，我最後也沒敢嘗試。

●

離開了喧囂的餐廳之後，阿福接著帶我去逛了餐廳旁的東南亞市集，我稱它為越南大潤發！

在越南大潤發逛著逛著，經過一間金飾店，大家都在挑選自己適合的飾品。阿福跟我說：「我很疼我妹，她要什麼、多少錢我都買給她。」

接著，隨行的妹妹看中了一隻戒指，只見櫃臺小姐手指在計算機鍵盤上敲敲打打，然後報了一個五千多塊的金額。

「班長，我們走吧！我沒有錢。」阿福轉身離開店家。

就這樣，我們結束了第一廣場的行程。

那是我第一次跟越南的同事去體驗他們週日休假時的娛樂，也是唯一一次。沒多久，阿福在臺灣工作合約尚未期滿的時候，就消失在工廠，成為臺灣政府口中的「逃逸外勞」。某天晚上，我突然接到一個陌生電話，是阿福打給我的。寒暄幾句後，知道他目前正在南投的山上做著茶農的工作，收入還不錯，我在電話裡祝福他。

「班長，有空我們再一起出去玩，喝酒……」阿福掛上了電話。

我再也沒見過阿福。

關懷？尊重？

多年前，參加了人生第一次的網路徵文投稿比賽，主題是：「真誠關懷無國界」。想不到意外獲得「優選」。得獎的前三名都是頂著高學歷光環或正在第一學府就讀的高材生，他們獲獎宛如只是正常發揮，而站在臺上領獎及拍照的我，則顯得格格不入。

主辦方招待我們餐敘，部分獲獎者與我寒喧時，問我「讀哪裡、哪裡畢業？」我因學歷低而難以啟齒，只說自己目前在傳統產業工作已久，時常在工作現場與外籍移工相處所以才來投稿……含糊帶過。

我發現，大部分獲獎者在撰寫「真誠關懷無國界」這個主題時，都是在寫自己家裡的幫傭、看護，這也相當符合人力仲介公司要行銷推廣的需求。只有我，是在寫自己的「同事」。當時不解為何會得獎，因為與前幾名的高材生相比，我的作品實在過於平庸。

直到多年後，越來越重視移工權益的現今，我才發現當時獲獎的原因，很可能是因為我用了「對等」的關係為寫作出發，而非建構在「主僱」的關係上。

「關懷」這個詞，感覺本意就是建立在強者對弱者間的同情互動，但我的投稿作品從來沒有想要同情誰或關懷誰，而是單純分享與移工同事之間相處的點滴及感受。比起「關懷」一詞，我認為「尊重」二字更為重要，像是尊重他們的話語權，尊重他們的聲音……「尊重」是建立在平起平坐的關係上，但「關懷」不是。

我的父親是外省老兵，從小就在眷村環境下長大，所以，我的慣用語是國語。剛移居來到彰化工作時，我花了很長時間在學習、適應臺語的環境。那時候發現一個問題：在勞動環境中，大部分用臺語稱呼外籍移工，語意都有矮化他人的現象，例如：

越南移工叫「瓦南罵」、泰國移工叫「泰勾啊」、印尼移工叫「印尼欸」，而我就是「瓦性欸」、我父親則是大家口中的「老芋仔」。不曉得這是不是本位主義所導致的結果，更可怕的是，上述的例子，若要用「尊重」的臺語詞彙稱呼，臺語不「輪轉」的我，只能詞窮。甚至，有些較大規模的工廠，為了方便管理，還會用員工編號稱呼外籍移工，例如越南是V╳╳╳、泰國是T╳╳╳、印尼是I╳╳╳……如果這是我們對待他們的方式，又怎可能奢求移工會對我們有多尊重呢!?你喜歡上級用員工編號稱呼你嗎？囚犯才沒有名字。

那位逃逸的阿福，我始終想不起他的中文姓名是什麼，但我依然記得他的員工編號是：V364。制度上的集體歧視，我也是共犯。

●

那次獲獎過後，並沒有感覺被肯定，反而更加認定自己跟「作家」這兩個字離得太遙遠。好似大部分的作家，都需具備一個很漂亮的學經歷，擁有堅實強硬的背景；

他們獲獎只是理所當然，我則像是僥倖運氣。在學歷至上的現實社會中，這先入為主的認定，一直以來都沒有變過，當然，也或許只是我的自卑心作祟！

沒獲獎前，我以為學歷這張紙，只有職場上需要。得獎後，我發現，原來「學歷」的桎梏無所不在！不然我實在想不透，當時得獎者餐敘的時候，為何每位獲獎者都問我什麼學歷？讀哪所大學？哪裡的研究所？究竟我讀哪裡跟我寫的作品有什麼直接關係呢？還是大家認為，能獲獎的，一定都是學歷不錯的高階知識份子；又或者以為，只有學歷高的人才能寫作、也才會喜歡寫作。

這社會一直跳脫不了「用學歷認識人」的世俗框架，以致於那些年輕失學者，難以在社會上出人頭地。大部分的人都沒有想過，並不是所有的失學者都是「年輕不愛讀書」的咎由自取，有很多人是因為家裡窮到連學費都繳不出來，只好迫不得已的休學啊！那場餐敘，讓我沒有食慾，儘管表面我從頭到尾都保持著看起來很鎮定的微笑，但內心卻是忐忑不安、如坐針氈的！

後來，我再也沒投稿過，那次是第一次，也是最後一次。

最遙遠的旅程

「你們要放寬心、想開一點，錢再賺就有了。你兒子我還算會賺錢，以後要去哪裡玩，找國春載就好了……」老闆在車上說著。

「嗯！」阿嬤答應著。

但父親仍只是看著前方的路，完全沒有回應。

結善緣得好運

昨晚，前老闆打電話給我，問我隔日有無安排行程，希望我可以代駕（駕駛他的車），載他與他的父母一同前往新北市金山區的法鼓山走走。

「有空有空，我沒安排其他行程，明天早上09:30見！」回答完老闆的問題後，掛上電話。

接著趕緊又撥了通電話，將原本預約好的乘客轉安排給其他司機服務。

之所以會優先服務前東家，主要是我在老闆的公司離職前夕，有跟他承諾過：「以後老闆若有需要搭車服務、代駕服務，不管遠或近，划算與不划算、累還是不累，只要提前預約，我有空就一定會載，不先談車資、不詢問服務內容。」

現在想起來，總覺得自己尚未離開特助這份工作，只是換一種形式在服務老闆。我覺得並沒有不好，若以跑車的營業額來看，老闆其實還真是幫我貢獻了蠻多業績的。當然，我並不只是單單為了賺錢才堅持服務老闆，還有為了自己的一個承諾，為了在老闆身上學到更多的東西……所以，即便離職很久了，還是很珍惜與東家的這份情誼。

「只有不成熟的人，才會四處與人交惡、結怨。」這是我歷經多次的職場轉換後得到的結論。我認為，每份工作的結束，能在人事方面「善終」是相當重要的。千萬不要想著，反正就要離職了，擺爛就好；抑或是在離職前夕，扯有心結的同事、主管後腿，這不僅是非常不厚道的行為，也只會讓自己在往後的人生旅途中，樹立更多敵人。

逞一時之勇，對自己只有百害而無一利。

為我留一個位置

答應了代駕的當天，我們從彰化出發，目的地是新北市金山區的法鼓山，車程需耗費將近三個小時。在行車過程中難免無聊，於是老闆充當起導遊的身分，開始向他的父母介紹起法鼓山的開山歷史以及聖嚴法師的過去……雖然用聽的也知道是照著網路介紹唸的，但在生澀的字句之間，卻能感受到老闆對待父母那份滿滿的熱情與孝心。以往跟在老闆身邊工作時，看老闆和客戶談生意，總是一副幹練精明的企業家的樣子，但在父母的身邊，他卻像個大孩子一般。

「法鼓山的創辦人，是聖嚴法師，是聖嚴，不是證嚴喔！證嚴是慈濟的。」老闆看著手機螢幕上的法鼓山簡介。

「喔~聖嚴喔！」阿嬤重複地說著。

老闆與他的母親坐在後座，父親坐在我旁邊的副駕駛座。

一路上，老闆唸著網路介紹給整車的人聽，只有阿嬤會回應，而阿公只是靜靜地看著前方，完全不說話，也不知道他有沒有在聽。但老闆還是自顧自地唸著，幾乎把維基百科上的法鼓山介紹每一個字都唸完了，而且還是用臺語。這讓臺語不輪轉的我，相當佩服！

因為阿嬤的國語不太好，所以老闆都是用臺語跟阿嬤溝通。而阿公是退休教師，從他的談吐就可以知道是個充滿學識的人，國語也說得相當標準，所以我都習慣叫他「老師」。

「你們要放寬心、想開一點，錢再賺就有了。你兒子我還算會賺錢，以後要去哪裡玩，找國春載就好了，我自己開車的話，就沒人在車上介紹旅遊景點給你們聽了。」老闆在車上說著。

「嗯！」阿嬤答應著。

「爸，你說對不對？」老闆故意提高音量，講給前方的父親聽。

但父親仍只是看著前方的路，完全沒有回應。

國道一號北上的途中，我們欲在湖口服務區小憩片刻。但因為老闆一家人未戴口罩而被工作人員拒於門外，幸好我早有準備給他們才得以進入。

進去休息站之後，老闆的父母挑了便當吃，而我則是跟老闆買了咖啡及一些手拿的點心，索性就站在門口吃了起來。當時已接近中午，我們的行程已有點趕，因為法鼓山下午四點就會關門。

「你未來還有什麼計畫？」在門口，老闆問起我。

幾乎每次跟老闆見面，他都會問我相同的問題；而我也總是回答一樣的答案。

「沒有，目前就只想專心跑車，看看未來還有什麼其他的機會。」

「你要不要去考導遊，我買臺高級一點的車給你，這樣你可以多元發展，經營觀光事業；尤其是在疫情逐漸趨緩的現在，先卡位，我們可以一起努力。」老闆認真地跟我說。

「我研究過了，考導遊要高中以上，但我只有國中的學歷，不然兩年前我就想考了。另外旅遊這方面現在也還不太穩啦，我還是想單純跑車就好。」

有時不得不佩服老闆的思維，他所提出的想法是正確的，但我在執行面卻有困難；最大的困難就是經濟和學歷這兩部分。但這也讓我認識了有錢人的另一個樣貌。我以為那些錢多到花不完的人，生活一定都過得很好，不僅財富自由，還無憂無慮……沒想到，並不全然如此。

他們可能過得比我更忙碌，三餐飲食也因此而不正常。不像我，沒事的時候，我可以看看書，或是放空，不然就刷手機……但老闆不是。他沒事的時候，仍是不停在思考該做些什麼、還可以做些什麼事業……每一次見面，他總有不同的「理想抱負」想邀我一同參與。我被他邀請過的事業有工程顧問、觀光產業、水產業、農業、畜牧業、飼料業、餐飲業等，所以，每一次見面，我都很期待他這次又會有什麼新點子、要叫我一起做什麼。雖然不知道哪一個才是他真正想做的事，又或者多半是隨口說說的，但可以確定的是：在老闆的事業藍圖中，一直有留一個位置給我。這一點也讓我相當感恩。

有一次，我開計程車載著老闆的時候，我問他：「你公司有那麼多研究生，條件也都比我好上許多，為什麼你當時那麼堅持要找我這個連高中都沒畢業的人當特助呢？」

「心態！我覺得你工作的態度還有想成功的決心是正確的，我很欣賞。專業的東西可以學，時間長短問題，但心態這種東西是很難改變也學不來的。」老闆不假思索地回答我。

當時聽了一知半解、半信半疑，後來發現好像真是如此，工作的態度比能力更重要。所以多年前我才可以在某間五百大傳產裡「破格」當上基層主管；雖然只是個不足掛齒的小小管理者，但能在中規中矩的官僚系統下展露頭角，以我本身的條件來說，已算是很不簡單的一件事了！畢竟當時我的職務在學歷方面要求是專科以上，但能被破格晉升，對我來說已是肯定。

心靈郵局

用餐結束之後，我們繼續驅車北上，往金山的方向前進。由於老闆已經把維基百科裡法鼓山的介紹都講完了，他便拿出了因擔心車上沉悶而事先準備好的兩臺平板，播放 YouTube 裡介紹法鼓山及聖嚴法師的記錄影片給兩位老人家看；副駕駛座一臺，後座一臺。老人家看得非常認真。

我們到達法鼓山時，已經下午一點多了。因為法鼓山停車場在山下，要參觀大殿還要徒步走一段山路，老闆便央請保全通融，因為車上有兩位老人家行動不便。保全

要求我們申請無障礙通行證，就可以開車上去了。

到了接待大廳後，導覽員服務親切，詢問我們需不需要輪椅？因老闆的父母年事已高且不良於行，雖然每棟建築物都有無障礙設施及電梯，但考量要長時間走路，怕老人家體力不堪負荷，我們就決定借了兩部輪椅。

就這樣，老闆推著阿嬤、我推著阿公，一起參觀法鼓山。

這真是很難得的經驗！若是沒有開計程車，我可能一輩子也不會來法鼓山這個地方吧！因為，我沒有任何信仰，亦或是說我沒有接受任何信仰，所以我也參加過禮拜，也走過大甲媽祖遶境；我燒紙錢，也唱聖歌。我的想法是：若每個信仰都是勸人從良向善，要你幫助他人，要你關懷弱勢……那我又何必受限於單一信仰的制

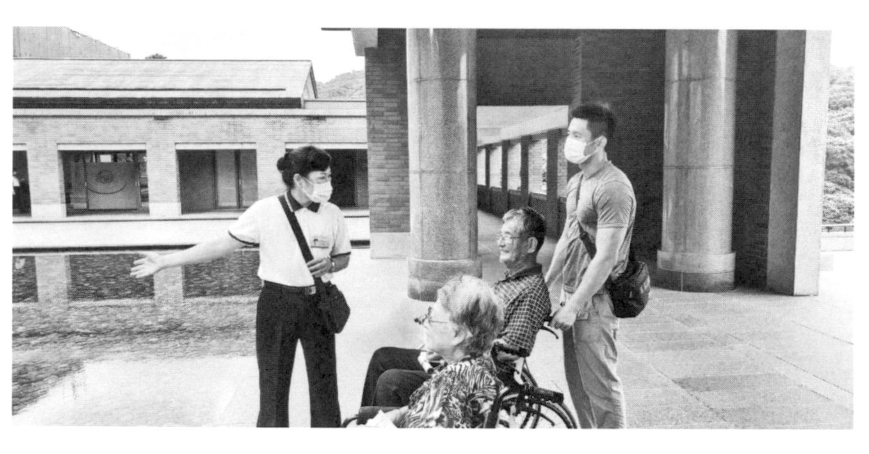

約呢？行善的權利人人皆需有，不一定要靠信仰來支撐，不是嗎？當然，這些都是我個人單純的想法。

法鼓山的導覽員大姐應該是義工，她們語氣溫柔，有耐心地介紹法鼓山的開山歷史及弘法理念給我們聽。各殿內部寬敞無比，開闊得令人心曠神怡，特別是每個殿內、會館的建築風格，有別於一般傳統廟宇樑柱的雕龍刻鳳、富麗堂皇，法鼓山殿內的樑柱、頂樑，都只是平凡的木柱而已。而且，殿內禁止喧嘩、錄影，與許多宮廟內的人聲鼎沸、香火瀰漫的氣息迥然不同。就個人喜好而言，我較偏好於如此讓人能沉澱心靈的環境。

當我們來到主殿參觀的時候，因為時間已晚，法鼓山即將閉殿，內部人員正在拖地清潔環境，但坐在輪椅上的阿嬤，還是堅持要徒步走進殿內參拜。看她雙手合十，非常虔誠的祈求模樣，我猜愛子心切的阿嬤，應該是祈求晚輩都能平平安安吧！

臨走前，我們經過名為心靈郵局的地方，主要是提供明信片、字卡，讓你寫上祝福的話，看是要放在館內展示，或是寄回家給未來的自己或親人。這時，老闆自己寫了一張，也慫恿阿嬤寫了一張。

「啊是要寫什麼？我不會寫啊！」阿嬤不好意思地說。

「妳就寫給〇〇〇，祝福他平安、身體健康，這樣就好啦！」老闆邊寫邊跟阿嬤說。

本來沒有想要寫明信片的我，只是陪著阿公站在一旁等候，但看老闆他們寫得起勁，便決定也來寫一張感謝的明信片寄回去給家人。那種感覺很是奇妙，明明可以回去親自告訴家人自己想說的話，但透過書寫的方式，你會不斷思考該寫些什麼的同時，也趁機把一些心情、感受沉澱下來，加上一旁大殿內播放的音樂催化，一股莫名地感動竟從心油然而生……我想，或許這就是心靈郵局成立的最大用意吧！

孝順，理所當然!?

回程時，我們走台二線的淡金公路，沿著北海岸慢慢開回去。因淡金公路靠山又靠海，沿途風景美不勝收。我們經過十八王公廟、富基漁港、白沙灣、關渡大橋等好幾個著名景點，老闆沿途也一一為父母做了導覽。

若沒有這一次的一同出遊，我對老闆的印象就是工作時精明幹練、事業心重、邏輯清楚，待人則是親切又平易近人。今日有幸參與其一家人的法鼓山一日遊，這才發現：卸下老闆身分之後，他對自己的父母也是如此尊重、謙卑、有耐心。

也許你認為這又沒什麼，臺灣人本來就重視孝道。以前我也是這麼認為。但跑車一段時間之後，我看到許多的事實並非如此。有時高鐵排班，總會遇到一些不良於行的老人、輕微失智的老人……這些老人大都會有一個外傭在旁照料，然後身後再跟著子女。通常他們會推著輪椅站在無障礙車格揮手示意司機開過去，待司機將車停靠好，往往都是司機下車跟外傭合力攙扶老人上車，而子女只是在一旁看著，有些人甚至還會對外傭指手畫腳的。上車後，老人跟外傭坐在後座，子女則坐在副駕駛座位。

每次看到這樣的情況，我都感觸良深。雖然，花錢請外傭，他們本來就該要做好這些工作，但仍讓我感嘆：是不是人老了之後，就一定會成為子女的包袱、累贅？也因此，我更是努力維持良好的運動及飲食習慣，希望自己老邁之時，能擁有一個健康的身體，這樣子女才有「孝順」的空間可以發揮。（想得很遠……）

當我們一路回到彰化時，已經十點多了。

「你等一下應該沒有要去高鐵排班了吧！？」老闆問。

「沒有了啦！都那麼晚了，去高鐵也不會有生意了。」我回答老闆。

「那就好，想說你還要去高鐵排班，都那麼累了，很危險。」

「謝謝老闆的關心，我待會會直接回家了。」

「好啦！那今天謝謝你了，還有需要的話我再跟你聯絡，你早點回去休息吧！」

老闆拍拍我的肩膀。

「知道了，老闆也是，早點休息。」

回到家，已經晚上十一點多了。

今天是我跑車以來，開得路途最遠的一次，五百公里左右，身體非常疲憊；今天也喝了好幾杯咖啡來提神，可是，心裡卻是非常踏實的。每一次的旅程總能在乘客身上學到新的東西，這些關於人生的課程，往往不是你花錢就可以學習到的，才更顯彌足珍貴。法鼓山一日遊的包車行程，算是圓滿結束了，而我人生的旅程，仍將繼續～～

25476
TDB-8917

第二章

引以為戒的傲慢

觀世音

入行跑車將近三年，我一直很慶幸沒有與乘客發生過衝突，或是遇到會鬧事的酒客；但倒是有一件事令人「沒齒難忘」……

計程車 v.s 聯結車

曾經，我服務過一位聯結車司機，因為他的聯結車故障送修，需要搭計程車去大車保養廠牽車。或許因同為職業駕駛並以跑車維生，所以服務時不需花時間暖場，我們兩人即能侃侃而談。

在車上與他閒聊後發現：開聯結車的收入雖然比一般勞動階級者來得好，但認真算下來，除了需長時間在國道上疲於奔命之外，休假時間也不太固定，甚至有時候任務是安排在半夜，要熬夜跑車，嚴重影響生理時鐘。所以，開聯結車不僅相當辛苦，對健康也有一定程度的影響，不一定划算；只是，每個人生活都有自己的不得已。

「大哥，你怎麼沒想過像我一樣開計程車啊？收入也不會差到哪去，時間也可以自己掌控，很自由；而且又不會像開大車一樣危險性比較高。」開計程車謀生的我，忍不住好奇地問。因為計程車司機只需要報考「職業小客車駕照」及「職業登記證」就可以營業了，門檻及考試成本相對比聯結車駕駛更低，為什麼那些大車司機沒想過要開計程車呢？

「我沒辦法啦！我的工作只要載運貨物，貨物不會跟我講話，很單純。你要我像你一樣每天穿制服，對乘客還要畢恭畢敬，還要會跟乘客聊天……錢給再多我也不要。」大哥這般回答我。

「哦，原來如此。」我馬上就理解了。

在這一刻我才知道，雖然計程車司機跟貨車司機都是以跑車為生，但工作性質卻截然不同。計程車司機需要面對人群、與乘客交涉、開發潛在客戶；貨車司機只要將貨物在規定時間內送達指定地點即可。相較之下，以駕駛貨車為生的司機，雖然工作較為辛苦，卻也單純許多。

但，我還是喜歡開計程車所帶來的新鮮感。

我每天一定會服務到新的乘客，運氣好的話，還可以聽到乘客分享不同的人生故事與經歷，很有意思。

密閉空間裡的隱藏風險

開計程車有趣的是，每天都能接觸到新鮮的人事物，因為每一天都會面對不同的人，但相對地，承擔的風險也越高。

在《被討厭的勇氣》一書裡寫道，「所有煩惱都來自於人際關係……」其實，我個人覺得，所有的問題也大都是來自於人際關係。計程車這行業看似單純，只需把乘客送達指定地點，然後收錢，便任務結束。

但當這些「單純」的營業行為全部侷限在窄小密閉的車廂內時，發生問題的機率就會提高了。譬如說，若只是載「貨物」，那貨物不可能會爬起來打你，但乘客會；乘客還有可能會搶劫、會跑單、會誣衊你性騷擾、會勾引你仙人跳……

上述的例子都有在新聞出現過，雖然只是個案，但還是會讓我在跑車的時候提心吊膽。尤其在晚間八九點之後，承接衛星派遣的任務，也較容易會遇到非比尋常的乘客，其中以喝完酒的乘客占大多數，這也是讓我覺得最「難」服務的客群，因為「小黃司機被酒客暴打」的新聞層出不窮，應當戒慎恐懼。

通常我載到「看起來」喝很多的乘客時，男性我都會尊稱為「大哥」，女性呢？我絕對不會叫大姐，而是叫「小姐」，因為叫老了，會讓自己處於高風險的狀態裡；叫年輕一點，即便是叫錯也無所謂。總之，遇到酒客，盡量把姿態放低一點、小心謹慎一點，絕對不會錯。如此一來，被暴打的機率也會跟著降低。載到醉客，對方不盧小小就不錯了，若還想要跟他講道理、談尊嚴，那就更容易激怒對方，被暴打的機率也會相對提高。畢竟跑車是為了賺錢，不是為了賺那一口氣。只要錢有賺到，人也平平安安的，就是跑車最高境界了。

載到神明!?

入行跑車將近三年，服務過不少酒客，至今還沒遇到過衝突事件，我想跟我前面說的「態度」和「心境」，有很大的關係吧！我一直很慶幸。不過，雖然沒有遇到會鬧事的喝酒客人，但倒是遇到過令人「沒齒難忘」的酒客。

我記得剛跑車的時候，為了衝業績，只要衛星派遣有響任務，我幾乎都會承接。某天晚上接近十一點左右，我依然固守在高鐵排班等著旅客搭乘。突然響了一通任務，看地址在附近，離排班處沒多遠，便按下「承接」。開過去的途中內心雀躍不已，因為中「大獎」的機率很高。所謂大獎，即是遠程任務。會這樣認定，並不是憑空猜測，畢竟當時已是深夜，已經沒有大眾運輸可以搭乘了，而通常會在這時候搭計程車的原因有可能是緊急狀況，例如：「台北的公司有急事要處理」、「住在屏東老家的母親掛急診」……

眼看就快開到指定地點的不遠處，突然驚見前方霓虹燈不停旋轉閃爍。待越開越近時，終於看到叫車的人跟我揮手─他是一位警察，閃爍的霓虹燈是警車的警示燈。

「司機大哥，你幫我問前方那位小姐要不要坐車好不好？」那位警察手指著離他警車前方不遠的位置。

我朝警察手指的方向望過去，發現一位女子的背影，她在路上走著、叫著，感覺很瘋狂，看來應該是喝得相當醉了。

「所以，是她要坐車嗎？」我忍不住皺著眉頭問。

「對啊！她喝醉了，又不願意上警車，剛剛還一直要打我們，所以我才幫她叫計程車啊！麻煩你去幫我問她看看要不要坐車。」警察跟我說明。

但在我看來的解讀是：「她喝醉了，你趕快開計程車把她載走……只要離開我的管區就沒我的事了。」

一位喝酒醉的女子半夜在路上發酒瘋，吵到附近居民，因此居民報警尋求協助，而警察束手無策。於是，在無法確認女子是否要搭乘計程車的情況之下，「二度」幫女子叫計程車。我會說二度，是因為事後跟其他司機聊起，才發現當日晚間十點半該員警已打電話叫過一次了，是其他司機承接；但該司機看到女子的怪異行為，直接拒載並「空車」返回高鐵。警察不死心，又再叫一次，結果這回苦主換成是我了。

但，有趣的問題來了：

問題一，如果該女子不願意坐車，那我空車過來的成本算誰的？

問題二，居民打電話報警處理，然後警察打電話叫計程車司機處理？？

問題三，警察表示該女子不願搭乘警車，而且有襲警行為，所以幫女子安排計程車？？？

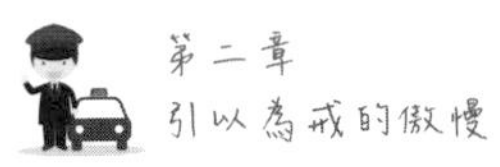

這些問題我完全找不到答案！

因為酒醉女子不願意上車，我只好開車跟在她的後面。沒多久，經過了一間便利商店，女子走了進去。也許是因為害怕使然，我並沒有下車詢問她到底要不要搭計程車。但在好奇心的驅使下，我也沒將車開走，只是想躲在車上，默默跟著她，看看她到底在搞些什麼名堂。

沒想到，一個不留神，那名女子已開啟後座車門並坐上我的車了，手中還提著一支高粱酒跟一瓶礦泉水。女子上車第一件事，並不是說要去哪裡，而是把她的錢包直接丟在我的副駕駛座並說：「我有錢。」

我透過眼角餘光，瞄到女子的長夾裡面有一疊千元大鈔，頓時心中安心了不少，最起碼不會有收不到車資的問題。

但我還是禮貌性的告訴她：「小姐，錢包要收好啦！不然掉了很麻煩。」

「我是觀世音。」小姐沒頭沒腦地回了我這麼一句。

「什麼？」我懷疑自己聽錯了。

「我是觀世音；我來自撒哈拉沙漠。」小姐又再說了一次。

「什麼？什麼啦？」我覺得莫名其妙，皺起了眉頭。

「撒哈拉沙漠。」小姐又重複一次。

「喔……那在哪裡啊？感覺很遠耶！」。

起初我還覺得這位小姐真是語無倫次，本來有點覺得莫名其妙，但馬上就想起來她根本是喝得太醉了，醉得胡言亂語了。

「帕米爾高原。」小姐又開始亂了。

「請問您要到哪裡呢？」我趕緊結束小姐身世之謎的話題。

「○○○旅館。」。

「好的，在附近而已。」

第一次聽到目的地就在附近而覺得特別開心，就是覺得能趕緊結束這趟任務才是上策，畢竟我的車上連小廟都不是，自然容不下這尊大佛。我無法預測接下來觀世音還會有什麼驚人之舉，為了避免承擔風險，我得趕緊送走這位大佛，將這趟任務完成，趕緊回家睡覺才是。

結果，天不從人願！

請神容易送神難

車開到觀世音，哦，不，是小姐指定的旅館之後，不知道為什麼，旅館老闆早已在門口等候，連同她的行李也一併被放在門口。當這位觀世音硬盧想要入住，老闆佯稱沒有房間了，叫她找別的地方。然後，旅館老闆很「熱心」的把觀世音的行李逕自放在我的後車廂，並請我載觀世音去別的旅館休息。

「我們這裡沒有空房了啦！你們去附近的〇〇〇汽車旅館問看看，那邊應該有啦！」老闆急著把我們送走。

說真的，當下已覺得自己不是什麼計程車司機，反而比較像大富翁桌遊裡的「送神符」。後來回到家，冷靜地想想這整件事情，我猜想，當時的觀世音應該是已經在那間旅館住了好幾晚，然後也醉了好幾天，所以旅館老闆不想再做她的生意，才謊稱沒房間，只想將她打發走。

「小姐，請問妳打算要去哪家旅館投宿呢？」我問我車上的這尊大佛。

雖然我真的很不想載她，但旅館老闆已經將行李放我車上，一時也找不到理由拒絕；而且，我知道觀世音是有錢的，看到賺錢的份兒上，就索性再陪她耗一耗吧！

「我也不知道我要去哪？」觀世音回答我。

「還是我開去剛剛旅館老闆說的那間汽車旅館問看看，也離沒多遠。」

「好。」

確認目的地後，我驅車前往。

「你車上可以抽菸嗎？」

「小姐，不好意思，我這車是租的，要還給車行，車上抽菸我會被罵啦！還是我停路邊等妳抽完，我們再過去。」（其實這只是一個婉拒乘客在車上抽菸的理由。）

「好，那我下車抽菸，你等我。」

於是，我將車停在路邊。

觀世音就這麼蹲在路旁抽起菸來了，嘴裡還唸唸有詞，不知道在說些什麼。一個女人在大半夜裡蹲在路旁抽菸還自言自語，當下那畫面還真是令人感覺毛毛的……雖然她自稱是觀世音。

「〇〇〇你這個負心漢，你為什麼要這樣對我。」觀世音突然間爆哭起來。「我千里迢迢來找你，你是我的初戀，我十五歲就跟著你了……」

這位小姐突然仰天長嘯！

這時，我發現有人從住家二樓窗戶探頭出來看。我擔心自己被誤認為是變態，趕緊下車安慰她。

「沒事了，沒事了，妳抽完了嗎？抽完趕緊上車吧！」我催促著。

她這才熄了菸，抹乾了眼淚上車。

到了〇〇〇汽車旅館後，我心中的大石終於放下，總算可以結束這趟任務了。

「小姐，到了喔！」。

「你要不要跟姊姊進去？」她突然丟出了這麼一句。

「我……進去幹嘛？」我一整個大驚。

「陪我喝酒聊天啊！」小姐指著手中的高粱。

「不行啦！晚了，家裡人還在等我呢！」

「放心啦！蓋棉被純聊天，姊姊不會對你怎麼樣啦！」

「不要啦！真的。」

「哼！我是如來佛祖，你逃不出我的五指山的。」瞬間，觀世音又晉升為如來佛祖了。看來真是醉得不輕啊！

「洗咧供殺小啦！？」我心裡的 OS。

這時，接待員剛好走出來。他來到車門邊詢問：「請問是住宿還是休息呢？」

我立馬開啟後車窗，示意要接待人員問車裡的如來佛祖。

「小姐，你要休息還是住宿。」

「你們住宿現在多少錢？」

「現在的房型剩一千七的。」

「你認不認識〇〇〇？」佛祖問了。

「什麼東西？」接待人員疑惑。

「我跟〇〇〇很要好哦，我跟你說。」

「喔，然後呢？住宿還是要付錢啊！妳到底有沒有要住？」接待人員開始沒耐心。

「小姐，一晚一千七，妳要住嗎？」我回頭幫詢問。

「不要。開走。」佛祖斬釘截鐵地回答。

沒辦法，我只好悻悻然開走。

「小姐，有房間妳怎麼不住呢？」我累得忍不住開始有點抱怨了。

「廢話，一千七那麼貴，你又不跟我一起，誰要住啊！」

「……」我無言以對。「那妳接下來要去哪呢？」

「我不知道。」

「妳看，現在時間也不早了，已經凌晨一點多了，家裡人還在等我，不然我載妳到附近的便利商店休息好不好。」我語帶懇求。

「好，不然你在商店門口放我下車。」還好，佛祖終於講了我聽得懂的話了。

於是，我將車停到商店門口，並將她的行李搬下車，也照錶收了五百多元的車資，臨走前我還跟她賠不是……

「不好意思啦！今天沒辦法陪妳，家裡人還在等我，那我先走了喔！」

「嗯！」佛祖點頭示意，但此時眼神已迷濛。

終於，結束了這一場深夜裡的鬧劇。

其實，當時已經凌晨時分，我真的身心都相當疲憊，實在沒法再跟她耗下去了。原本是想將她送回警局讓人民的保姆來處理，但後來作罷。因為我想到，是警察打電話幫她叫車的，所以若再送回去，等於又繞了一圈回到原點，那場面一定相當尷尬而且難收拾。況且當時佛祖聽到「警察」、「警局」這幾個關鍵字，就大發雷霆，說不定當下就把我鎮壓在五指山下了。

當然我也不敢隨意放她在路邊下車，任其自生自滅，除了考量到若是出了什麼意外，我可能也會有連帶責任之外，我的性格也不容許我這樣的不負責任。所以，深思熟慮後，決定將她安置在附近的超商，起碼是個安全的公共場合，若真有什麼事，還有店員能關照。

這趟任務跳錶金額為五百多元，但上車地點及下車地點只距離不到五百公尺，除了打破自己有史以來服務距離最短、車資最高的記錄之外，也為自己的跑車記錄增添了一筆傳奇—載到觀世音！我想，我這輩子都不會忘記吧！

輸贏

我瞥見從副駕駛座那邊出現一道反光折射，是從男子手中的那綑報紙反射出來的。

我這才發現：原來男子手中用報紙包起的物品，並不是農作物，而是一根長約七十公分的鋁棒，還有一支西瓜刀。

往日的美好盛況

那是一次有驚無險的任務。

2019 年的某個星期日夜晚，當時新冠肺炎尚未爆發，週末的計程車客運業通常生意興隆。會搭計程車的族群有：高鐵返鄉的旅客，觀光區的遊客，酒店、小吃店、KTV 剛消費完或正要去消費的酒客，住外縣市前來參加婚宴的賓客，還有少部分需在週末出差的商務客。

新冠肺炎爆發以前，彰化週末的計程車客運業生意不輸都市，我想部分原因是，號稱第七都的彰化縣，外移人口相當多，大眾運輸又不如都市來得便捷，導致一些返鄉回彰化老家的旅客，搭乘計程車的需求增加。而彰化計程車本來就比都市少，所以常常會在週末發生供不應求的情況，高鐵搭車的旅客多，外面的派遣任務也響個不停。

「吼！機子一直響、一直響、一直響，都快燒掉了。」

那時候常常有司機會半開玩笑的說這句話，意思就是車機的派遣任務一直出現，但沒有司機有空承接，叫車的乘客無計程車可坐，也只能苦苦乾等。

週末夜晚，是每位計程車司機忙到不可開交的美好時光，雖然辛苦，甚至沒時間用餐，卻也樂此不疲。畢竟計程車司機的賺錢方式簡單直接，理論上忙碌跟收入一定是成正比。所以，越是忙碌的司機，臉上的笑容反而越多，畢竟，有誰會想哭著賺錢呢？

2020年以前的每個週日夜晚，司機們營業時總是笑容可掬，現在這種光景，在疫情的衝擊過後，早已不復存在。

懷念啊！我緬懷起那段美好的營業時光。

不知道去哪裡？

那天，也是一個極其忙碌的週日夜晚，我從高鐵排班出車，任務結束後返回高鐵的路途中，某間便利商店響了一通任務，因為該便利商店跟我返回高鐵的方向是順路的，所以我按下了承接，若是乘客要去高鐵的話，我則又省了一段空車回高鐵的成本。

跑計程車的營業額多寡，有五成以上是憑「運氣」，而運氣好壞與否，不只是看排班出車的距離長短，也要看執行任務時的「空車率」。舉例來說：如果我從高鐵排班出了一趟員林火車站，然後在員林火車站又剛好有人叫車要去高鐵，這樣司機就省了空車回高鐵的成本，這也是我最喜歡的營業節奏。也許營業額沒有單次遠程來得高，但里程數會相當漂亮，耗油量也一定比遠程更少。大部分跨縣市的遠程任務結束後，要在異地接到任務回彰化高鐵的機率趨近於零。反之，短程的就容易多了，特別是週末。

我祈禱開到便利商店後，乘客會對我說：「麻煩你，我要到彰化高鐵。」那麼，我承接這趟任務的完美劇本就譜寫出來了。載客至彰化高鐵以後，順便再從彰化高鐵載排隊等計程車的旅客出車。如此一來，時間成本及油耗成本都能發揮最大的經濟效益。

到了便利商店後，門口站著一位男子，嚴格說起來應該是一位兒童，目測大概是國小剛升國中的年紀，他只是呆呆的看著我。因為正常情況，這樣的小朋友不會是我要服務的搭車族群，所以我並沒有問他是否叫車，而是望著店內有沒有看起來像在等計程車的人。

但那位小朋友一直看我、一直看我，看得我渾身不自在。如果是他叫的車，應該會直接上車才對，但弟弟也沒有要上車的舉動只是一直看著我，令人費解。

「弟弟，你有叫計程車嗎？」忍不住我開啟車窗詢問。

「嗯！」那位弟弟向我點點頭。

「那怎麼還不上車，要去哪裡？」我問。

「我也不知道要去哪裡？」弟弟回應我。

「你也不知道要去哪裡？」我大驚！

「不知道要去哪裡你叫什麼車啊？該不會又是惡魔派來糟蹋我的吧!?」心裡才這麼想，小弟弟又說話了……

「我哥叫的車，我不知道我哥要去哪裡。」弟弟解釋，並指著便利商店裡面的一位男性。

「喔，了解，那你要先上車嗎？」

「不用，我等我哥出來。」弟弟搖搖頭說。

過了幾分鐘後，那位男子還沒出來，我開車門下車等候，並跟那位弟弟閒聊。

「你哥要去哪裡你不知道嗎？」我問。

弟弟聳聳肩。

「他在裡面做什麼，怎麼那麼久？」

弟弟又聳聳肩。

我沒再問了，只是開始有些不耐煩。通常生意好的星期日，司機最不喜歡浪費時間等待。等待乘客所消耗的一分一秒，都是金錢的流失，這也是為何有些司機會因乘客慣性拖延而大發雷霆的主要原因。

我是不至於會因此發怒，但因工作性質是分秒必爭的，所以還是會因過久的等待而不耐煩，但都包裝的很好，不會將其顯現出來，反正做生意就是這樣，有很好的客人，自然就會有讓人不太舒服的客人，自己要放寬心。

客製化的乘車要求

計程車開久了，難免遇到要求「客製化」的乘客，雖然搭車的最終目的地是回家，但途中都要做一些意想不到的「事情」，然後要求司機等他。我曾在高鐵排班遇過要我等他去黃昏市場買菜的、超市購物的、水果攤買水果的、藥妝店買化妝品的、中醫掛號拿藥的，而且通常這些「客製化」乘客都是短程，所以極不划算。

最扯的是有一次，一位在高鐵旁邊參加活動展覽的女生，只因為天氣太熱，詢問我可不可以發動車子，開冷氣，停在指定位置（高鐵旁），她要在車上吹冷氣，然後照表付費。講得一副豪氣干雲、出手闊綽，不會讓我吃虧的樣子。但她可能不知道彰化費率時速五公里以下，三分鐘才跳五元，意思就是我開冷氣給她吹一個小時，只要多一百元，那我不如在高鐵排班就好了。而且既然那麼怕熱，何苦要參加戶外活動折磨自己，為難他人。

想當然爾，最終我還是婉拒了她，因為那時候我排在第一臺，準備要出車了。計程車是客運業，服務內容是將乘客從甲地安全送到乙地，不是「移動式冷氣房」。當然，如果她願意以包車計價，一小時開價三百元至五百元，也許我還會考慮。只是通常會提出「客製化」要求的，大都是屬於錙銖必較之人。

所以司機最怕遇到的乘客就是坐上車才說要去某某地方辦事，然後要你等的，因為已經開到一半了，要拒絕也不是，答應了也不是，呈現兩難狀態。通常這樣的乘客，我希望不要遇到是最好的。

但偶爾也是會遇到好人，例如，我也曾遇過只是要去彩券行買大樂透的，請我等他幾分鐘，跳錶金額加一百元給你。這樣真正大氣的乘客少之又少，但我就是其中一位，可能因為自己是同業更懂得將心比心。我在外面叫車如果要司機等一下，也會加價五十至一百元給司機。有時候司機不是差那些零錢，而是差在那一份尊重。慣性讓司機等，我不認為這是一件理所當然的事情，任何人的時間都是寶貴的，沒有人有義務要浪費自己的時間去配合你。

謎一般的人客

那位先生終於從超商出來了，手裡還拿著一包類似青菜大蔥的農作物，並用報紙包起來，可能是怕水份溢出。

「請進。」我開啟副駕駛車門，請他入座，而弟弟則是坐在後座。

「您好，請問要去哪裡呢？」我詢問。

「來，你待會迴轉，然後一直直走，我再跟你報路。」那位先生說。

「好的。」我回答。

語畢，我嗅出車上瀰漫著濃濃的酒味，看來這位先生是喝過酒的，而且應該喝了不少。只見他靠著椅背並吐了一口大氣，然後把他手中用報紙包起的農作物立放在雙腿之間。

不對勁，我的直覺告訴我車上的氛圍怪怪的，有種說不上來的壓迫感，雖然我服務過不少酒客，但能讓我心情如此緊繃的還是第一次遇到。所以我開始保持警覺性，並透過眼角餘光觀察旁邊這位男性有沒有奇怪的舉動。

結果，副駕駛座那邊出現一道反光折射，是從男子手中的那綑報紙反射出來的。我這才發現：原來男子手中用報紙包起的物品，並不是農作物，而是一根長約七十公分的鋁棒，還有一支西瓜刀。

我的背脊開始發涼。

「幹！等下到了之後，什麼都不用說，就直接給我砸。」那位男子對後座的弟弟說。

弟弟沒有回話。

「這次我不會放過他，一定要把他的店給我操掉，待會下車看我指揮。」

弟弟還是沒有回應。

「ㄜ……先生，請問這邊要繼續直走嗎？」我問。

「對，繼續直直走就會到了，我會報路。」男子回答。

我則是故作鎮定的繼續往前開，但內心如坐針氈。

「啊！等下，這邊的寵物店你靠邊停一下。」男子示意。

停好車之後，他走進去寵物店裡面不知道要做些什麼，而且將兩把「武器」留在副駕駛座。

「請問你的哥哥，到底是要去哪裡啊？」我擔心地轉頭問後座的弟弟。

弟弟又是聳聳肩。

「剛剛聽他的口氣，你們是不是要去哪裡砸店啊！？那為什麼又要停在寵物店呢？」我又問。

弟弟還是聳聳肩並嘆了一口氣：「不知道他想幹嘛！」

等了將近十分鐘之後，男子終於上車了，手上多了一個紙箱。

「你去寵物店幹嘛？」那位弟弟問哥哥。

「我去買兔子給我老婆啦！之前跟我老婆養的那隻，我進去關的時候就死掉了，現在出來了，再買一隻來養。」哥哥回答，手指還不斷逗弄新寵物。

怎麼突然覺得有點溫馨？上一秒才說要去砸店，下一秒卻去寵物店買了一隻兔子要養。我的精神開始有點錯亂，就像車上的味道一樣複雜，除了酒味以外，還多了兔子的尿騷味。

檳榔攤不止是檳榔攤

「待會到了，給我砸就對了，這次我一定不會放過他。」男子上車後，不忘提醒在後座的弟弟。

此時我內心開始忐忑，如果到了目的地，他們真的砸店，那我該怎麼辦？雖然考職業登記時，常提到司機要守法、要有正義感；還有一個考試題目是：營業時聽到乘客在討論毒品交易的時候，要主動報警抓他們……那些理想型的題目，現實中真正遇到的時候到底該怎麼處理？因為我沒遇過，所以不知所措。

「如果他們一下車之後真的去砸店，我該怎麼辦？」

「我該冒著被他們砍的風險，充當正義的使者嗎？」

「我如果要當正義的使者，是不是現在就應該做些什麼阻止他們了？」

「但那位男子手中有武器，我會不會有生命危險？」

「如果他們忙著砸店而沒付車資，我要提醒他們付完車資再砸嗎？」

「他們在砸的過程中，我趕緊去報警，這樣會不會相對安全些？……」

開車的途中，腦海浮現千百個答案；心裡更是沙盤推演了好幾套可能會發生的劇情。

「到了。」男子說。

我將車停好，發現是一家檳榔攤。他們要砸檳榔攤？

「司機先生，你先停這邊等我一下，我去找一下朋友。」

男子說完話後，就帶著兩把「武器」衝下車了，而後座的弟弟跟兔子留在車上；當然，留在車上的還有我。

原本以為這男子將要掀起一陣腥風血雨，沒想到他只是跟檳榔攤的老闆大聲理論，不知道在講些什麼。不過我倒是鬆了一口氣，起碼沒有真的砸店或砍人之類的，如果真的這麼做，我不就成為幫兇了嗎？就算可以澄清自己只是承接任務載客，但去警局做筆錄應該就會浪費很多時間。

萬幸！萬幸！

這時檳榔攤老闆走了出來，跑到窗戶旁跟我說話。

「司機大哥，我這邊真的沒有包廂跟小姐了啦！你們去另外一間好不好。」

沒有小姐？靠，我真的矇了！原來只是因為沒有包廂跟小姐，就要拿武器去砸人家店、爭個輸贏，這也太扯了吧！

「喔好！那要怎麼走呢？」我問。

「你就直直走，然後看到第一條巷子右轉，右轉再繼續直走到底，左邊會有個停車場，停車場空地裡面有個門，去敲門後就會有人出來接應了。」檳榔攤指著路說。

「喔，好。」我認真記著路。

武器哥坐回副駕駛座。

「武器要收好喔！」老闆提醒武器哥。

「知道啦！」

「啊你這次沒有帶你那支出來喔！」

「沒有啦！不敢帶啦！放在家裡，最近才剛關出來，要乖一點啦！」

我研判：老闆所提到的那「支」應該是指槍枝吧！從他們的談話看來，武器哥時常在檳榔攤消費，所以兩人算舊識。檳榔攤老闆對他脫序的行為早習以為常。但由此可見，要發展「夜間經濟」，需具備強大的心臟，還有與「武器哥」相處的能力才行。

離開前，我才發現原來檳榔攤門口有個比基尼辣妹招牌，上面寫著「歡唱卡拉OK」，下方還有箭頭指向檳榔攤內。由此可見，檳榔攤的門面是賣檳榔，而裡面應該有幾間包廂跟幾位小姐，是在進行「賣檳榔以外」的其他服務。以前每天經過這條路都沒發現其個中奧妙，直到當了計程車司機，才明白原來在鄉下，有很多這類替男性排解寂寞的小店隱身於巷弄之間。

一趟荒唐的任務

我照著檳榔攤老闆的指示來到停車場，想不到停車場角落真的有個小門。這時車內的兄弟倆興奮的下車敲門，結果真的有位女子出來開門。武器哥將車上的武器與兔子帶下車。

「司機先生，多少錢？」武器哥問。

「跳表兩百六十五元喔！」

「來，不用找了。」武器哥從皮夾拿出三張百元鈔給我。

「謝謝！」

「歹勢呢！還讓你等。」武器哥客氣地說道。

「不會！」我鬆了一口氣。

終於安全地結束這趟任務！

這是什麼樣的奇遇～～

一位敗興而歸就要砸店的武器哥、

一個只知道聳肩的寡言弟、

一隻剛從寵物店被贖身的兔子、

一把西瓜刀、

一根鋁棒……

我目送他們跟著小姐進入那間住宅裡，唯一透著光的大門關上了，停車場沒有半支路燈，周圍一片死寂，我試圖從這趟荒唐任務裡回神。

「呼～我剛剛到底經歷了些什麼？」

開計程車的有趣之處，就在於無法預測叫車的乘客是什麼樣的人，承接的每趟任務都需承擔風險。我常在思考：若我早在那位男子上車以前，就發現他手中的物品不是農作物，而是具有攻擊性的武器，我還會載他嗎？還是我會通報客服取消任務，接著落荒而逃。

我不知道！就像我不知道他們最後進去那間住宅，到底是從事什麼樣的消費服務一樣。是酒精急性中毒，需要立即一醉方休？還是攝護腺急性發炎，需要馬上救治？不得而知。我唯一可以確定的是：坐在後座的那位聳肩寡言弟，就是二十年前的自己，每天跟著一些「哥哥」出生入死，夜夜笙歌。後來，因為厭倦複雜的生活，我選擇離開自己原本的生長環境，離開桃園，到中部求生存。

如果，我還住在桃園，我現在的人生會變成怎樣呢？會過得比現在更好？又或許會自動升級變成那位副駕駛座的武器哥？假設性的問題，還沒發生都不會有答案，但可以確定的是：人生的每次選擇，終將會改變你未來的命運走向。

選擇左右著命運

多年前我在電視新聞看見曾經出生入死的「哥哥」，因為缺錢買海洛因而持槍搶劫加油站，警方在一天之內破案，「哥哥」雙手被銬，身陷囹圄。這次入獄也不是他的第一次，不曉得出來的時候我已經幾歲了？又或許在有生之年，「哥哥」都無法重見天日了。我想……

我很喜歡現在的自己，還有離開桃園的決定。

兩個月前，我與家人逛夜市時，看到了一個奇特的景象：一對男女牽著手，步伐匆忙地在夜市行走，那感覺就像是媽媽拖著自己的孩子搶黃燈過馬路。因為行為怪異，我不禁多看幾眼，發現後方被拖行的男子感覺很眼熟；眼神渙散、步履蹣跚，毫無精神可言，五官一看就知道被毒品摧殘得面目全非……

啊～我想起來了，

他是去年被我載到的那位「武器哥」！

在攤位燈光的照耀下，武器哥外型顯得骨瘦如柴、弱不禁風，眼神茫然，再也看不到一絲兇狠殺氣，跟去年載他時意氣風發的樣子，判若兩人！果然，人若一直走在歹路上，也只能是不停地墮落……這位武器哥從逞兇鬥狠到現今染毒傷身，這代價何其之大！

看著這位人生的過客，也再次慶幸自己當年的及時回頭。所以說，人生的輸贏，是要拚那一時半刻，還是最後的蓋棺定論，端看自己怎麼選擇。

頤指氣使的籌碼

「請問你們知道要怎麼走，或是要在哪邊下車嗎？」我小心地問著。

「這裡我知道了！」男方突然開口說話。我照著他的指示往前開。

「怎麼會是走這邊，離高鐵越來越遠了，你走錯了都不知道嗎？」女方開始指手畫腳地對我進行責難……

什麼樣的人都有

開計程車以來，服務過數以千計的乘客，各式形形色色的人都有，財力雄厚的商人、職場打滾多年的上班族、每日上班都需舟車勞頓的頂尖業務，還有作育英才、桃李滿天下的老師……每種職業就像是一面面的鏡子，照映出不同個性與其待人處事的方式。

就長時間的載客經驗，我發現：越有錢的乘客，反而越不好相處，也許是站的位置與高度不同，所以就算處在同一個狹小、密閉式的車廂裡，也不會有太多的交集。（當然，也有例外，像我前東家如此謙遜又待人和善的「老闆」，還真是沒幾個，我何其有幸！）

我要聲明：我並不仇富，也不會以偏概全，只要上了我的車，不管是誰，貧富貴賤，所提供的服務都是一樣，不會因人而異。只是平心而論，往往外表與談吐讓人感覺越是有錢的人，越是吝嗇，對於車資也是錙銖必較。照表結帳不是最天經地義的嗎？但我就遇到過不少富有的人要殺價的，更遑論會給小費，或是「零錢不用找了」的事發生了。或許就像大家常說的，就是會算這些小錢小利，所以才會積少成多成為有錢人吧！若真是如此，我可能會窮一輩子了!?

個性使然，我對於金錢這方面較大而化之。偶爾被殺價、占便宜，倒也無所謂，幾十塊甚至上百塊的車資折扣，我都有優待給乘客過。反正，車資的減免，頂多就是少賺而已，也不至於虧錢。我的想法是，殺價就殺價，沒必要為了一點小錢而傷了彼此和氣。若是我們自己不放寬心，為了幾個零錢而搞到整日工作都不開心或生悶氣，那我想接下來的工作運也不會太好，反而更加得不償失。

●

我比較無法接受的是態度惡劣的乘客，沒禮貌又極不尊重他人，好像付錢的就是大爺一般，想怎麼樣就怎麼樣，完全沒有顧及別人感受。

通常這樣的客人有幾種：

一種都是年紀較大的長輩，明明結帳跳表金額為 105 元或 110 元，下車時都會「自動」把零頭去掉，只拿出一張一百元給我，還說自己平時都坐一百元，然後，逕自下車，讓我真心覺得很悶！因為被殺價就算了，還被理所當然的認為計程車司機賺很多，所以少給。明明就是占了別人便宜，卻還擺出一副自己是在「替天行道」的態度，真是令人啼笑皆非。

還有一種乘客的態度，也令人不敢恭維。言語用詞聽似都很有禮貌，但一整個「頤指氣使」的態度，卻是讓人相當不舒服。

不知道其他待過服務業的朋友，有沒有遇到像這樣的顧客：嘴巴裡說出來的每一句話，都大量使用禮貌用語，例如：請你、麻煩你、請問、抱歉、不好意思……但你卻打從心底感受不到對方任何的尊重。他的敬語只是為了在你身上得到他想要的結果，或是「委婉」的叫你一定要配合他的意思。這樣的顧客，表面看似彬彬有禮，言行舉止也找不到一絲瑕疵，但說起話的時候給人的感受卻是冷酷、傲慢、毫無溫度可言。每次服務到這種類型的乘客，我都如坐針氈，不敢多言，深怕哪裡服務不好，或是一句無心的話得罪了他們，然後無端收到客訴。

坦白說，我覺得現在網路趨勢流行的商家評星、評分制度，根本就是培養奧客的溫床。我曾上網看過很多一星的評論，都不是在客觀陳述事情，而是因細故導致心情不爽便一直罵店家，然後直接給一星，讓自己的情緒在網路無限上綱。

其實，我心裡是極不認同評分制度的，但車隊本身卻很重視這個文化，所以若不幸被評一星，便會被隊部長官叫回去喝茶，費時耗神，還沒有錢賺……不謹慎不行啊！所幸，我在計程車業服務將近三年，還未收到低於四星的評分，大部分的評語都是正面的，在這裡也趁機感謝大家的支持與厚愛，我也會繼續提升自己的服務品質並保持工作熱誠。

下錯車的旅客

我個人感覺：「以客為尊」就是一句對基層服務業的精神綁架，讓很多消費者把自己的惡劣行徑視為理所當然。服務精神固然重要，但服務的本質不應該凌駕於專業之上；任何的專業都應該給予「尊重」，而非藐視，「專業」才是真正服務精神的價值所在。就好比一家餐廳服務再好，但東西難吃到爆，你可能也不會想要再去吃第二次吧！可惜這點還是有很多人不了解，認為有消費就可以為所欲為，把花出去的錢當成自己頤指氣使的籌碼。

記得兩年前還在兼職跑車的時候，某天晚上一如往常，白天正職工作結束後，換上制服就到彰化高鐵排班。平日我到高鐵的時間大都已經快六點了，這裡平日的晚上六點過後，通常人煙稀少，工作人員會比乘客還多。有時一班高鐵進站，可能沒有半個旅客要搭計程車，生意是慘不忍睹！所以兼職跑車的平日是無法創造多少業績的，除非運氣不錯，出了一趟高單價的遠程任務，但這種任務通常只會發生在末班車 23:00 至 24:00 的時候，而且發生率極低。

不過今天就是被我遇到了，而且是在晚上七點半這個還很早的時段。

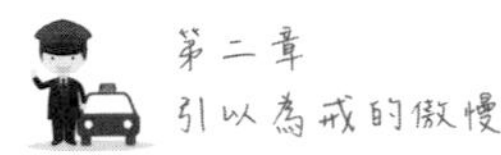

晚上七點半的高鐵進站，旅客魚貫從三號出口走出來。

這時，三號出口有一對男女（我感覺是夫妻）拖著兩件沉重的行李箱緩緩走近，我趕緊上前關心……

「請問需要搭車嗎？」我問。

「你們這邊到嘉義高鐵多少？」其中女士率先開口。

「這裡到嘉義高鐵快七十公里，跳表大概要一千五左右喔。」

「這麼貴啊！要多久時間？」女士驚訝。

「最快也要將近一個小時，所以我建議你們等下一班八點半的高鐵，再坐過去嘉義，差沒多少時間，但錢會省很多喔！」我分析給他們聽。

「不用啦！我們行李又多又重，懶得再搬來搬去，太累了。」還是女士回答我。男方至今都沒有開口。

「好，那我幫你們把行李搬到後車廂。」我邊回答邊動作。

這時的我，內心暗自竊喜，今天運氣真不錯，才排第一趟就直接到嘉義高鐵，車資大概一千五。有時候排班跑六、七趟營業額都沒超過一千五呢！

行李都上車了，這對夫妻也跟上車，我便開車往目的地出發了。

車才行駛沒多久，這位女士就開始抱怨高鐵的「不是」，試圖替自己坐錯站的行為合理化。

「奇怪，以前高鐵臺中站到了之後，下一站就是停嘉義站，怎麼剛剛下車出月臺會變成彰化站。」女士抱怨著。

「因為幾年前臺灣高鐵多了苗栗、彰化、雲林，這三個小站，你們剛好搭的這班高鐵是每站都停的，所以臺中的下一站會停彰化。」我耐心地說明。

解釋完之後，女士仍是不斷地抱怨高鐵，卻從來沒有思考過，高鐵上會有廣播及跑馬燈顯示要停靠哪一站；也沒想過從高鐵車廂出來，樑柱上會清楚標示此站為彰化站；甚至出了月臺以後，彰化站的標示遍佈各個地方，兩個人，四隻眼睛、四隻耳朵，不看也不聽，然後把坐過站的原因全然歸咎於高鐵。

「哎呀！我坐那麼長程，你不能算便宜一點，給點優惠嗎？」女士突然話鋒一轉。

「好啊！到時候看跳表金額多少，我便宜一點給你們。」我阿沙力地答應。

接下來的路程我就沒再說什麼話，因為經過評估，我知道這組乘客應該不是很好聊的人。有時候不好聊，司機就真的不要為了讓氣氛熱絡而硬聊，或者是開一些不著邊際的玩笑自以為幽默，所謂話不投機半句多，有時「禍從口出」就是這樣發生的。所以面對不停抱怨的客人，我多半保持沉默，專心開車。

自以為是的傲慢

彰化高鐵至嘉義高鐵的車程將近要一個小時，一路上我都恪守著「沉默是金」的警惕，將注意力集中在方向盤上。車內安靜了一會兒，沒多久，這對夫妻開始閒聊起來。我聽出來有一部分他們是談公事。在討論過程中，還穿插著英文……原來這對夫妻是台商，有在中國大陸設廠。不，嚴格說起來，應該女方是台商，因為在聊天過程裡，我聽到男方的口音，很明顯就是內地人，也難怪稍早都是女方跟我交涉，而男方沒有說半句話。

「我們好久沒有打高爾夫球了……」女方將頭枕在男方肩膀上說著。

然後他們繼續聊著上次回臺灣時，去了哪邊旅遊，有哪些景點一定還要再去……待會到嘉義要跟朋友去哪間餐廳聚餐……互動好不甜蜜！而我此時，就只能被迫隱形在車上，盡量不要出聲打擾；剛好我也不是很想參與他們的話題。但可以從兩人話語中清楚知悉，經濟條件應該是相當不錯的。

但想到他們一開始就跟我殺價的畫面，剛好應證了我的感覺，越是有錢的人，對錢是愈錙銖必較，能拗就拗的，況且這趟服務我還幫他們搬了兩件超大的行李啊！我沒酌收搬運費，他們倒是先跟我計較起車資了……還好，我對於車資少賺看得比較開，不會因此生氣或鄙視他們，畢竟賺錢還是要心甘情願地好。

但接下來在車上發生的事，著實讓我非常的火大，而且我忍不住爆炸了！

●

到了嘉義高鐵站區附近，因為我也是第一次來這裡，所以環境並不熟悉，也不清楚乘客實際要下車的確切位置；另一方面也是因為他們並不是要搭乘高鐵，而是要跟朋友約某個地方等他們來載，若是我跟著高鐵的指標走，那麼便會直接到高鐵的站區內。我擔心他們並不是跟朋友約在站區內，所以先行詢問……

「請問你們知道要怎麼走，或是要在哪邊下車嗎？」

「到了嗎？」女方問我。

「對，已經在站區附近了，不曉得你們是要在哪裡下車。」

接著他們二位七嘴八舌的討論，車廂內一片混亂，我的車還是緩緩地往高鐵站區內的方向移動。

「這裡我知道了！」男方突然開口說話；這是他第一次跟我說話。

「好！那麻煩你報路。」我鬆了口氣。

客人願意報路是最好的，因為照著客人的指示走，就算走錯也沒有我的責任。我們高鐵特約車，都是依法照表收費，若路不熟而走錯繞了遠路，除了會讓客人覺得不專業以外，車資也會有爭議。所以如果在服務過程中，因不熟悉路線而不小心走錯路，為了避免被客訴，我都會主動減免一些車資來安撫顧客的情緒並賠不是。

「對，這邊我有印象，你就直直往前。」男方肯定的表示。

我照著他的指示直直走，約莫一分鐘後，發現離高鐵站越來越遠。

「怎麼會是走這邊，離高鐵越來越遠了，你走錯了都不知道嗎？」女方開始指手畫腳地對我進行責難。

「這位女士，因為先生說知道怎麼走要報路，我是依照他的指示走的。」我耐心地回應，但其實心情已經受影響了，只是按耐著沒表現出來。

「咦？你是司機，你應該要有判斷能力啊！你沒有判斷能力嗎？」女方用一副傲慢的態度及撒潑口氣，將男方報錯路的責任，完完全全、理所當然地怪在我身上。

說實在的，那時尚年輕氣盛的我，當下真的很想教訓她！但有些事情真只能想想而已，並不能做。在聽完她極無禮的話語之後，我只是深深地吸一口氣，真的是很大很大的一口氣，我將空氣停在肺裡數秒，再緩緩將它吐出來……我用深呼吸來緩和自己的怒氣。「唉！算了。」

我沒有和那位女士再做任何的爭辯，繼續安安靜靜地開著車找路。

過去在服務業打滾多年，各種「澳洲深造回來的客人」我都有遇過，應付他們我自認處理得宜，也不曾輕易動怒。一樣米養百樣人，我沒有、也不想花太多的時間把情緒浪費在不好的事物上。但這趟服務卻是我從業以來最生氣的一次，即便沒有將其顯現出來，但真的是在內心動了肝火！第一次遇到如此白目又自以為是的乘客，回應的邏輯與想法真是讓人嘆為觀止；更令人錯愕的是：那位男乘客自始至終都默不作聲，完全沒有要替我平反或是跳出來緩頰的意思，例如，「好啦！是我自己報錯路，不是司機的問題……」不論說點什麼都好。

完、全、沒、有。任憑我在車上無端被那女乘客指著鼻子罵。原來照客人的指示走，還是需要「專業判斷力」的。（暈）

幸好沒多久，終於找到了指定地點。

開到目的地之後，我還是維持原先答應的承諾，車資跳表將近一千五，我只跟他們收了一千二，然後如同往常般的服務，將沉重的行李一一從後車廂搬運下來並小心放置，接著向乘客點頭示意後離開。

結帳過程中，我沒有將自己的不悅用行為展現出來，例如，故意摔行李之類的……他們真是應該要慶幸是給我服務到，若是給其他較資深的司機服務，可能在車上就吵得不可開交了；結帳金額肯定是跳表金額是多少就收多少，一塊都不少。畢竟大部分的司機，若是遇到像這種蠻橫無理的乘客，一定一切都會按照「規定」來的，人情、折扣，是給予懂得尊重別人的福利的，不是給像這樣跋扈的乘客的。

退一步海濶天空

看到這裡，我想一定有同業朋友覺得我很沒出息，遇到顛倒是非的乘客仍不敢出聲與其對抗；或是認為我也太好欺負了！

其實不然。認識我的都知道，我的脾氣其實非常不好、EQ也低，而且做事又衝動，年輕時很容易因為小事情而動怒，常常會做出錯誤的判斷與決策。而且，我發現自己的脾氣並沒有隨著年紀增長而有所變化，我認為能有效控制的從來就不是自己的情緒，我當下還是會生氣，會動怒，只是當情緒上來之後的處理方式，才真是可以透過訓練，然後有意識的去控制的。

就這次的「奧客」事件，若我再持續與他們爭辯，只會讓狀況加劇惡化，完全不會獲得乘客的認同與妥協。因為他們本來就帶著偏見去看待我的職業，認為我低他們一等，所以，說話才會這樣的大聲、理直氣壯！即使我再多氣也沒有用，不如趕緊結束這趟任務，把他們送走之後，接下來的「好運」才會開始。

從這麼多年服務客人的經驗裡，我深深覺得：一個聰明的人，並不會浪費太多時間在負面的情緒上，也不會跟層次不同的人講太多大道理，因為不在一個同等的層級上，溝通真的大不易。我們可以有情緒、可以生氣，但在大發雷霆之際，要先思前想後，這場情緒的爆發，能為你帶來績效、抑或是災難？若是最後演變為兩敗俱傷的結果，就一點意義都沒有，不得不謹慎啊！

最後，我想分享的是：若你是員工，千萬不要把情緒，當成是自己「很有個性」的理由；若你是客戶，也不要讓金錢，成為了自己「頤指氣使」的籌碼。

德丞
營養
早午餐
55688

第三章 輕如紙張的善良

不良於行的老翁

「伯伯，今天是禮拜六耶！鄉公所沒有開吧！？」我提出質疑。

「我不知道啊，他就打電話叫我今天來啊！現在怎麼辦？」老先生問我。

我不忍心看著行動不便的老先生千里迢迢從高雄跑上來，又花了這麼多計程車費，卻白忙一場……

全職跑計程車

2018年是我人生變化很大的一年，當時剛放棄兼職的身分，正式加入全職計程車客運業的行列，說實在的，我真的超拚。大部分的同事對我離職的決定都持反對意見，有些甚至是搖頭、訕笑，認為我全職跑計程車一定不會比較好，不如繼續留在公司，雖然辛苦，但收入相對穩定。

果然，他們說得沒錯！

收入方面，真是逐年遞減，尤其是面對嚴峻的疫情，營業額只能用「慘不忍睹」四個字來形容。但是我要強調的是：離開原本的傳統產業，本來就不是認為自己跑車可以賺比較多才做的決定。會離職的主要原因是為了「健康」與「自由」。

當時女兒準備隔年要上幼稚園，我希望能有多一點的時間陪伴她。尤其，那年還經歷了喪父之痛，這讓我對人生觀有了不一樣的認知：「世上沒有什麼是比健康更重要的事了！」可大多數人真正來認真面對健康這個問題時，往往都是在生病之際。

我的運氣算不錯，父親過世前的那一段時間，我是二十四小時全日在醫院照顧，所以我被迫提前認識久病纏身的恐懼及受病魔侵蝕的痛苦；特別是我看到了因為病痛而生不如死，想死卻死不了的絕望之人是什麼樣子……

你絕對不會想看到的！

所以我毅然決然辭去了傳產工作，把原本兼職的計程車改成全職。雖然收入銳減，但卻多了自由與健康這些非物質之財富，生命的視野也更為寬廣。我因而認識了之前當特助的老闆，也多了不少難能可貴的體驗；最珍貴的是：有幸參與了很多乘客生命歷程的故事，這都讓我有源源不絕的熱情，去做好這份職業，與金錢無關。

如果，做什麼事都非得唯利是圖，這對我來說太累了，也不是自己想要追求的目標。

2018年，我面臨職場的轉換，同時也歷經了喪父之痛。因此，我更珍惜家庭、更認真地在跑車，有一部分原因是為了證明就算全職開計程車，收入也不會差到哪去，所以我幾乎每天都很早起床去高鐵排班；清晨六點多就會出現在高鐵了。

鄉下的司機平均年齡較高，那些有了年紀的資深大哥，晚上跑車對他們來說眼睛吃不消，所以他們也都是七點左右就會到高鐵排班了。若是我不早一點進場卡位，到了早上八點之後，大部分的司機已經陸續進場，這樣想要出車的話，就要再等下一班、甚至下下一班的高鐵（生意不好的情況下）才有辦法出車了。所以，我個人的營業節奏是習慣早早就來高鐵排班，然後下午至傍晚就休息，回家運動或照顧小孩。

很多年輕的司機相當佩服我，因為大多數年輕的司機是無法早起的，他們習慣跑到很晚，然後隔天睡到自然醒後再來排班。晚上生意雖然較白天冷清，少了出差的商務客，但所有「豪華大獎」都是集中在晚上出現，例如：末班車坐過站、坐錯車、趕不上高鐵的旅客，只能直接搭乘計程車回臺北、高雄。有時長程「一趟」的營業額，可以抵兩天營業額的總和！這也是許多較為年輕的司機，喜歡堅守到末班車的原因。而且回臺北跟回高雄真不是開玩笑隨便說說而已，在彰化高鐵真的發生過很多次這樣的例子。

但是，這些都不是我喜歡的營業方式。對我而言，還是正常的上下班時間比較適合我，非特殊情況，我是不會跑到深夜的。所以，一直以來，我總是習慣很早來高鐵排班卡位，然後利用時間在車上睡覺補眠，反正高鐵的班次是固定的，我們大都知道大概幾點的時候才會有人搭車，空檔等客人的時間就能好好利用了。

新港、伸港傻傻聽不清楚

2018年10月13日，這天也不例外，起了個大早就去高鐵卡位排在第一臺，當時為清晨六點多，高鐵的大門也才剛開不久，我估計自己出車的時間應該會是七點四十五分那班進站的高鐵，於是我在車上稍作休息。半夢半醒之際，駕駛座的窗戶突然發出敲擊聲，睜開眼睛一看，差點沒把我嚇死！一位老翁站在車門旁，臉貼著窗戶，兩眼瞪得老大看著我。我趕緊下車招呼。

「伯伯您好，有什麼問題嗎？」我問。

原以為老伯伯只是找我攀談而已，很多老人家在等高鐵的時候無聊，就會在門口走馬看花，有時候還會跑來跟計程車司機聊天、關心生意好不好，或是詢問到某地方要多少錢，諸如此類的……這位老翁也被我歸類為在等高鐵進站，不會搭計程車的人，因為這個時間點還太早，應該沒有旅客要搭車才對。

「我要坐車。」老先生說。

「你要坐車喔！請進請進。」我趕緊下車幫他開門。

想不到這次的直覺不準！老人家行動不方便，杵著一根拐杖，我攙扶著他入座，關上車門，才又回到駕駛座的位置。

「伯伯您好，請問您要去哪裡呢？」

「型楨。」老先生回答。

此時我眉頭深鎖，僅憑著腦海中殘破的臺語辭典不斷搜索，彰化有「型楨」這個地方嗎?因為我的臺語實在不太好,所以面對陌生的臺語地名實在很惶恐,尤其剛好服務到只會說臺語的老人家,有時候溝通不良,都要麻煩其他的司機大哥幫忙翻譯。不過這樣的情況已逐漸改善了,因為目前全職跑車兩年多了,比較有經驗了,大部分彰化的地名都已熟悉,除非是去跨縣市的地方,那就另當別論。

不過,當時資歷尚淺的我是這樣應對的……

「蛤?型楨!」我轉頭望向老先生,「麻煩你再說一次!」我手指還比著一。

「型、楨!」我專注地看著老先生的嘴型。

「喔!新港喔!」我豁然開朗。

「嘿啦!型楨怎麼會不知道。」

「不過新港不是在嘉義嗎?很遠耶!」我再確認地問。

「不是那個新港啦!是彰化的型楨!」老先生強調。

「彰化有型楨嗎?」我眉頭一緊,又陷入了沉思。

「啊!我想起來了,您是說和美旁邊那個伸港鄉嗎?」

「對啦!」

「歹勢歹勢！我臺語很不好。」我難為情地解釋。

不過要去伸港鄉還是很遠啊！彰化高鐵位於東南的田中鎮，而伸港鄉的方位在靠海的西北，整個遠得要命，車資也要一千元左右，老人家怎麼會一個人要坐這麼遠，負擔得起嗎？

「伯伯，伸港鄉也很遠喔！」我提醒他。

「坐過去要多少？」

「要大概一千元左右。」

「哪有可能，這邊不是彰化嗎？」

「對啊！但是彰化高鐵在彰化的田中啊！」我解釋給老伯伯聽。

「什麼啊！在田中喔！我以為在彰化市。」老先生恍然大悟。

「沒有啦！火車站才在彰化市，彰化高鐵離火車站很遠，大概三十公里。」

「是喔！我頭一次坐不知道！」

「阿這樣你還要坐嗎？」

「坐啦！坐啦！不坐也沒辦法，我不知道彰化高鐵在田中。」老先生無奈地表示。

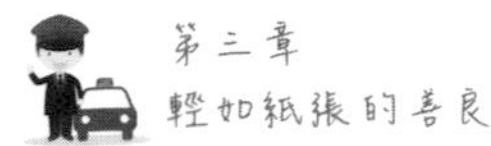

其實不只老翁不知道，每天都有外地人因為不清楚彰化高鐵與彰化火車站相距甚遠，總誤以為雙鐵有共構。於是，要去彰化火車站想說搭高鐵比較快，沒想到搭高鐵來到了田中鎮；而很多坐錯站的乘客因為都是有重要的事情，通常無法浪費時間等下一班的高鐵再回臺中，只好忍痛選擇花七百多元，直接坐計程車到目的地。

其實若要去彰化市，高鐵直接坐到臺中站即可。臺中的高鐵在烏日，烏日位於臺中最南端，只跟彰化市隔著一條烏溪而已，烏溪就是俗稱的大肚溪，這樣的路線反而比較快。

我有統計過，大部分會坐錯車的都是臺北人，可能因為臺北市不管什麼「鐵」都有共構，到哪裡都很方便，就連公車也是非常好等，這是號稱第七都的彰化無可比擬的。所以，幾乎每天都有臺北的朋友貢獻遠程業績給我們彰化高鐵的司機。

「奇怪，彰化這一站應該要叫田中啊，為什麼要叫彰化去誤導大家？害我以為會到彰化。」這句話是最多坐錯車的臺北人抱怨的。

我可以理解他們的想法與不解。其實除了臺北以外，其他有高鐵的縣市，都只有一個站，所以當地一定會以最高行政區去命名，才可以將其推廣出去。如果彰化高鐵叫田中站，外地人大概只有參加過田中馬拉松的人才會知道這個地方。

臺北就不一樣了，因為臺北的高鐵有三個，分別為台北、板橋、南港，不細分清楚容易混淆視聽。這也是為何臺北人去外縣市搭高鐵時，常常搭錯站的原因。其實除了臺北以外的縣市高鐵站，大都離市區相當遠，所以外地出差、異鄉旅遊，一定要查清楚路線再搭乘，以免搭錯站得不償失，要特別小心！

另外，我也發現：高鐵彰化站會搭計程車的有七成以上是坐「南下」列車，意思就是從臺北坐下來的；而「北上」列車的旅客會搭計程車的非常少。「北漂」就是這樣的情形，因為大部分的人還是比較嚮往在北部發展，自然返鄉的時候都是搭乘南下列車居多，回程才會北上。

好人當到底!?

老先生上了車，我便一路往「伸港」的方向開去。

「伯伯，您要去伸港的哪邊啊？」我邊開車邊問老先生。

「你載我去鄉公所就好。」

因路途遙遠，開過去要五十分鐘至一小時，所以在車上我試著用爛到被彰化人恥笑的臺語跟老先生聊天，除了拉近距離之外，也當作是在提升自己的臺語能力，畢竟語言就是要靠常說、常聽才能學會的。

聊天之下才知道，原來老先生是前幾天接到伸港鄉公所的電話通知，要他帶著身分證明來領重陽節敬老禮金，所以他才趕在「一早」從高雄高鐵站搭第一班的北上列車至彰化高鐵站。

「不過伯伯，今天是禮拜六耶！鄉公所沒有開吧！？」我提出質疑。

「我不知道啊，他就打電話叫我今天來啊！」老先生說。

「阿你有沒有他的電話，先聯絡看看!?」

我建議老先生先確認一下比較好，免得長途跋涉，又花了這麼多計程車費，最後

卻撲空。

「我也沒有手機啊！不知道號碼。」

「所以他前幾天是打家裡電話給你啊？」

「對啊！」

這樣就沒辦法事前詢問了。但我聽下來，總覺得哪個環節怪怪的。因為正常情況下，鄉公所週六是不會開門的才對。

早上七點多，我們就到了伸港鄉公所。果然不出所料，伸港鄉公所大門緊閉。

「現在怎麼辦？」老先生問我。

「怎麼辦，我也不知道怎麼辦啊！」我被老翁的提問嚇到，這句話應該是我要問的吧！

我開啟Google查詢，伸港鄉公所寫著星期一才會營業，不曉得打電話給老先生的人是怎麼跟他說的。麻煩的是，老先生也不知道是誰打電話給他，也沒有電話號碼，想詢問也找不到窗口，完全無從查起……一時間，我們兩個人在車上不知如何是好。

「沒的話走吧！載我到彰化火車站，我搭火車回去好了。」老先生感覺很失落。

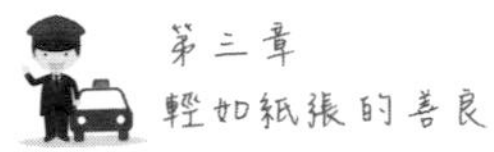

「嗯……」我附和著。

我有點不忍心看著老先生千里迢迢從高雄跑上來結果白忙一場，雖然他的無功而返並不是我造成的，自己的職責也只是把乘客平安送達指定地點即可，但總希望能替老伯伯做些什麼，畢竟人家會打電話跟你約時間，絕對不是無中生有的；而且，當時彰化本來就有這項政策也是眾所周知的。

「啊！不然我先開去派出所問看看好了，你看怎麼樣。」當時環顧四周，發現不遠處有個伸港分駐所，我靈機一動，想說問問警察，說不定警察知道。

「好啊！」老先生即刻應允。

「好，你行動不方便不要下車，我先去幫你問看看，你在車上等我喔！」我把車停在伸港分駐所門口。

「您好，我想請問一下，我載到一位乘客，他說鄉公所叫他今天來領敬老金，但鄉公所沒開，請問你知不知道是在哪邊領呢？」我詢問執勤的員警。

「誰啊？在哪？」員警問。

「在車上，因為他行動不方便，所以我請他在車上等我。」

接著員警跟著我走出來，關心那位老先生。

「伯伯，你說你要領敬老金喔！」員警問老先生。

「對啊，他叫我來鄉公所啊！」

「應該不是鄉公所啦！鄉公所禮拜六沒開啊，可能是活動中心才對，你要不要去活動中心看看？」員警建議。

「喔！這樣喔！」

我照著員警提供的指示來到活動中心，果然看到許多老人在此處等候，旁邊還有「辦桌」的在備料，可能這裡中午有場大型活動要辦吧！

「請問這裡是領敬老金的地方嗎？」我詢問活動中心的工作人員。

「是啊！不過要等九點才開始領喔！」工作人員回答我。

「太好了，原本以為在鄉公所，還好有找到。」

我趕緊回到車上跟老先生說明確定是這裡了，並按下結帳，打算結束這趟服務……

「你要等我啊！」老先生付完錢後對我說。

「我要等你？」我以為我聽錯了。

「對啊！不然我晚點怎麼回去！」老先生一副理所當然的口氣。

我看了看時間，現在才八點二十分，如果九點才開始領，加上排隊及作業的時間，領完都不知道幾點了。老先生回程是要到彰化火車站，而不是彰化高鐵，火車站除了距離伸港近以外，還會在市區塞車。當時沒有新冠病毒，每逢週末的生意都特別好，其實我並不想等，但也擔心老先生在這荒涼的沿海鄉鎮會叫不到車，所以我只好答應等他。

「好啦好啦！你先下車，我去把車停好再來找你。」

就這樣，我陪著老先生在活動中心等待，過程中很多長輩跑來向老伯伯打招呼。彰化沿海地區的鄉鎮人口較少，地方上的老人家大都相互認識，充滿人情味。

「你回來啦？」

「這是你兒子還是你孫子？」

「很久沒看到你了喔！」……

面對這些日常寒喧，老伯伯也一一點頭回應，但始終坐在位置上，沒有去主動找人攀談，我也就坐在他旁邊，看看有沒有什麼需要幫忙的。因為杵著拐杖的老先生，行動不太方便，而且雙手會不斷地顫抖，我猜想是類似「帕金森氏症」的疾病纏身。

我擔心待在車上等的話，老先生有什麼問題沒人可以幫忙處理，既然要選擇等候了，我就不會枯坐在車上，而是把等待的時間拿來服務乘客，雖然沒跟老先生酌收等待的費用，但既然選擇要當好人，那就當到底吧！當時我是這麼想的。

終於到九點了，大家都在排隊了……因為老先生行動不方便，於是我請老先生坐著休息，我拿著他的身分證明幫他去排隊領取敬老獎金。

「你是要代領喔？你是本人的兒子嗎？需要授權同意書跟代領人的身分證明才可以代領喔！」工作人員說明。

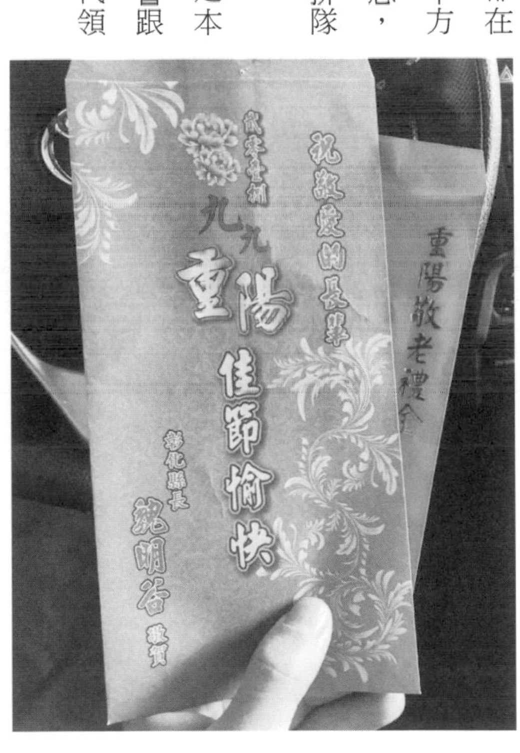

「不是，我不是他兒子，我只是計程車司機，本人行動不便坐在旁邊，我幫他代排隊而已。」我指向坐在一旁的老先生。

「喔喔！伯伯你可以來簽名了，要你本人簽喔！」工作人員呼喚老先生來簽名。

我過去將老先生攙扶至服務臺。老翁因手抖得厲害，簽名簽得比較慢，等待過程中工作人員跟我聊天……

「現在計程車服務都那麼好嗎？」工作人員問我。

「沒有啦！應該的，應該的。」我靦腆地回應他。

領完了敬老金之後，我便載著老先生直奔彰化火車站，結束了這一趟「特別」的承載任務。

老吾老以及人之老

今天除了當計程車司機以外，還順便當了一個孝順的兒子，算是蠻難得的經驗。雖然事後老先生沒有特別跟我道謝，叫我等他的時候，還一副理應如此的口吻；結束任務我也只照表依法收費，並沒多加等候的費用，更沒趁機敲竹槓……但當時就覺得，能夠收到車資就已經很慶幸了。

老實說，一開始載到這位老先生時的心情很複雜，確實一度擔心收不到車資。因為，那陣子我服務過「單獨」要坐車的老人，有些不是在亂報路，就是直接跟你說沒錢……所以只要載到老人家身旁沒有家屬或看護陪同的，心裡就會特別擔心；擔心會不會是失智、走失或有精神疾病的，尤其是面對車資破千的遠程，若真收不到錢，損失真的是非常慘重！

所幸，這趟任務有收到錢！

其實，虐待老人的事件時不時在新聞裡出現，我不是長照當事人，不予置評。只是感嘆社會上真正能對年長者極度友善、包容的人，真是不多。所以，每每看到這些老人家，就感觸良深。也提醒自己，要把健康照顧好，才是人生最重要的事，莫待又老又病的時候遭人嫌。

剛跑車的時候，我對長者乘客的容忍度也低，因為有太多不好的經驗。但在服務過多次長者，以及長時間照顧自己臥病在床的父親後，現在面對較年長的乘客已多了更多的包容與耐心，不知道是因為他們變可愛了，還是我的想法變得更成熟了!?

你、我都會老……當若干年後，我們反應鈍了、行動緩了、說話慢了，希望自己如何被晚輩對待呢？那麼，現在就用同理心來對待這些長輩吧，不論是否是你的至親。

「包容」，是維持社會和諧的最佳方式之一，我，也還在學習中。

永靖車站

晚上十一點。我拖著疲憊的身軀，從彰化高鐵開車回家的途中，經過北斗工業區時，突然響了一通任務，我眼睛為之一亮，看了車機的地址顯示：「永靖車站」。

考驗倒車技術的站門口

若不是以計程車客運業為職，我想自己可能一輩子也不會知道，位於彰化縣的永靖鄉，竟然會有火車站；而且不是我們既定印象中的車站模樣。永靖車站絕對會顛覆普羅大眾對火車站的傳統認知。

一般火車站門口必定人聲鼎佛，車水馬龍，通常前站出口還會有座圓環；而圓環周邊聚集著外籍移工，或蹲或坐、戴著耳機視訊講電話，若遇到假日的時候，也許手上還會出現一瓶啤酒。以火車站為中心，延伸出去的方圓一公里，應該都屬於市中心的繁華地段，臺語俗稱的「街仔」，通常意指火車站旁的主要道路。

但永靖車站不是。

永靖車站離永靖鄉的「街仔」，有三公里之遙。有些人對距離可能沒什麼概念，若拿一般國小操場為標準，三公里大致就是操場十五圈的距離。其實若是騎車或開車，三公里並不遠，車程十分鐘以內可以到達，但就常規來看，永靖車站的存在，非常不符合都市發展的邏輯。

永靖車站無法與時俱進，有一部分的原因可能是車站周邊太過荒涼，除了農田跟一些住宅以外，沒有其他商家、小販。而最阻礙發展的原因，是通往永靖車站的主要道路非常狹小，小到我第一次照導航去的時候，一度懷疑導航故障導錯位置。真的不誇張，如果是開車去永靖車站門口，只能迴轉或倒車出來；迴轉的時候還因為道路過窄、路旁停放的機車過多，必需要前進後退大概重複四、五次以上，才有辦法調頭出來。若是開車技術不好的人，可能會卡在那邊進也不是、退也不能的動彈不得，最後只能等人來救援。

謎之音：「車站門口不是有圓環可以順著繞轉出來嗎？」

不要鬧了，門口道路的寬度只容得下一臺車，連會車都無法，還圓什麼環什麼。

無人服務的招呼站

大家聽過「招呼站」嗎？

招呼站就是俗稱的無人站，顧名思義就是全日沒有站務人員會在站內服務，而且只有區間車停靠。

在臺灣真的有這種火車站存在嗎？

答案是：「有的」。

永靖車站座落的位置在永靖鄉、社頭鄉、員林市，這三個鄉鎮的交界處，你知道的，通常聽到什麼交界、邊界的地方，都是極為偏僻荒蕪的郊區，永靖車站也不例外。即便車站歷史久遠，存在至今八十多年了，但因為站內設施簡陋，周邊交通不便，所以在民國六十八年就降級為招呼站了。

也就是說，若要從永靖車站上車，只能用自動售票系統購票，孤獨的走進月臺、

寂寞的走入車廂。這對長期住在都市的人來說，應該難以想像，無人招呼的火車站到底是什麼樣的景況。

不過，雖然永靖車站是無人站，但是搭車的人卻還挺多的。我猜想，大部分會在永靖車站搭火車的旅客，應為通勤的學生與上班族，可能在往北向的員林或彰化這兩個彰化縣「唯二」的縣轄市上班、上課（彰化大部分的人口都集中在這兩處），其中應該是以學生為最大族群，因為上班族都有能力自己騎車或開車了。

另外值得一提的是，永靖鄉為臺灣「本島」人口密度最高的鄉（僅次於人口密度「全國」第一高的屏東縣琉球鄉），

意思就是地方雖小，但人口卻非常多，這也是永靖車站對於當地居民來說，扮演著極具重要的大眾運輸角色。有聽地方耆老提過：永靖車站曾經面臨拆遷的命運，是靠地方官員的共同努力之下，才得以保留至今。

每次選舉時，也會聽到政客的政見是爭取經費，將永靖車站向南移六百公尺，增加交通便利性及乘車人數，只是不知道什麼時候才會實現。但永靖車站的搭車人數，近幾年的確是逐年增加，不曉得跟2015年彰化高鐵通車，有沒有直接關係。

會特別對永靖車站的背景做介紹，是希望若是對鐵道旅遊、鐵道文化、鐵道攝

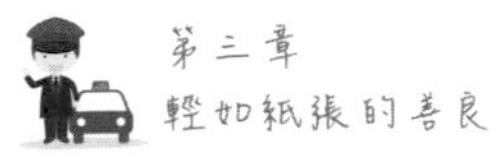

影有興趣、卻還沒來過永靖車站的朋友，或許可以抽空搭火車來看看，因為不知道什麼時候它會遷移。也許、可能、說不定，哪一天它就這麼消失了。

叫車看運氣

會在永靖車站上下車的兩大族群為：學生族、上班族，通常上述兩者在永靖車站下車後，一定有辦法回家；不論是自行騎車、開車，或請家人載，或徒步走路……但還有另一種族群是假日才會出現的，我稱之為「被Google地圖陷害的觀光客」。

通常會在永靖車站叫計程車的乘客，絕大部分都是外地來要去田尾公路花園旅遊的觀光客，他們要去「田尾公路花園」，而經Google地圖查詢後，永靖車站離田尾公路花園最近，殊不知坐到永靖車站後，根本沒有排班計程車可以搭乘，只能叫計程車或自行走路；走路的話六公里，大概走一個小時就到了，很快！（誤）

通常永靖車站的計程車非常難叫，不是沒有計程車，而是沒有司機願意承接永靖車站的任務。除了至永靖車站的道路狹小難走以外，路途又相當遙遠。因為大部分在永靖車站選擇用衛星派遣叫車的，任務會響到遠在五公里以外的員林車站或高鐵彰化站的排班司機。如果我們承接了，要花平均六公里的距離過去，然後載乘客去附近的景點，再空車回排班的地方，非常不符合經濟效益。

對了，題外話，但很重要的提醒：若你們也想搭火車去「田尾公路花園」旅遊，記得要選擇搭到員林火車站或田中火車站。若您是從臺北坐下來，到員林車站即可；若您是從高雄上來，可以搭到田中車站或員林車站，兩站都有排班計程車，但員林車站的火車班次較多，也都有自強號停靠；如果是要搭高鐵去田尾公路花園，直接坐到高鐵彰化站即可。懇請大家支持一下南彰化的觀光產業。

回到正題，能在永靖車站叫到計程車的旅客，都是屬於幸運的人，因為剛好有司機在附近才會選擇承接。我自己本身在永靖車站承接過的任務也只有四次，其中兩次是我上面說的，「被Google地圖陷害的觀光客」依導航指示坐區間車來永靖車站，然後想搭計程車去田尾公路花園，但沒有計程車。

「靠！你們這邊計程車也太難叫了吧！？為什麼出永靖車站沒有排班計程車啊！」旅客一上車通常都這樣抱怨。

「不錯了啦！總比沒叫到好，那是因為我剛好在附近才會接，不然你們要等更久。」我安慰他們。

「對啊！還好你有接，司機大哥感謝你。」我因此而成為他們口中的救世主。

還有一次任務則是要去永靖參觀安養機構的一家人。他們在永靖車站使用衛星派遣叫車，因為我的車剛好在附近，所以選擇承接。那一家人的運氣不錯，說等沒多久我就到了，原本以為會叫不到或要等很久。我只能說：「我們很有緣份。」但那一家人出永靖車站後，也被永靖車站陽春的站體及荒涼的周邊給嚇到了！

深夜的連三 call

除了兩次的「被Google地圖陷害的觀光客」任務，以及永靖參觀安養院的一家人這三次承接的case之外，還有一次永靖車站的載客任務，更是讓我印象深刻！

那天是2020年的2月29日，值得紀念的一天。

通常接近月底的時候，我就會更積極的排班跑車，主要原因是希望當月結算的總營業額可以在「尾盤」拉高，這樣會比較好看，尤其是在疫情影響最劇的二月，當時真的超慘的。

那天我也跑得比較晚，記得當時已經超過晚上十一點。我拖著疲憊的身軀，從彰化高鐵開車回家的途中，經過北斗工業區時，突然響了一通任務，我眼睛為之一亮，看了車機的地址顯示：「永靖車站」。

「看，到底是誰會在晚上十一點多的時候在永靖車站那種荒蕪人煙的地方叫車啊！」我心中嘀咕著。

跑車經驗兩年多了，雖然綜觀全國計程車司機的年齡數據顯示，我還是超菜，但最基本的跑車常識還是有的。通常會在永靖車站叫計程車的，大都是要去田尾公路花

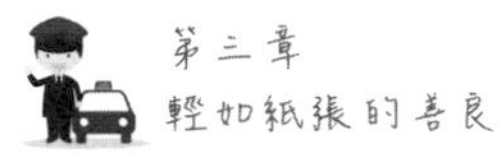

園，不然就是去附近的地方，但大半夜的，不可能有人要去田尾公路花園，所以一定是要去附近的居民，沒有司機會承接的。

過了大約十秒之後，任務消失並顯示未承接。

沒多久，車機又再度響起：永靖車站叫車。

「這麼晚的時間叫家人來載就好了，怎麼可能有司機會去載啦！」我心裡暗自嘀咕著。

又過了十秒，任務消失並顯示未承接。

然而，沒多久，車機又再度響起了：又是永靖車站叫車。

這次我再也沒有內心話，也沒有承接任務，只是仔細看著任務的資訊。任務顯示：某小姐叫車。我不禁沉思了起來，腦海浮現出幾項小姐會在半夜，而且是在永靖車站叫車的可能性：

一、住附近的居民，原本家人要載她，但交通工具故障。

二、跟另一半吵架後，負氣要搭火車離開，但末班車走了，只好叫計程車。

三、搭火車的時候，坐錯車、下錯站。

我只想到這幾種可能性；而第三個可能性最大。

心裡正盤算著，若再響一次任務，我就來承接，並打電話關心一下吧！

按規定，若沒有承接任務的司機，是看不到乘客的基本資料的，只看得到○先生或○小姐叫車，主要是保障乘客聯絡資料不會過度曝光，次要則是避免有不肖司機不承接任務，而先打電話詢問乘客目的地，再決定承接與否。因為一旦選擇承接之後，除非不可抗之因素，就一定要去載客人，不然會被客訴；多次故意承接後不載或打電話要乘客自行重叫的司機，會面臨退隊處分。

其實，我是不想接這個任務的，因為當天從早上六點多就出門排班了，一直跑到晚上十一點多，體力實在不堪負荷。最主要還是因為永靖車站跟我家的方向完全相反。當時我身在北斗工業區，回我家的方向是往「西」，永靖車站的方向則是往「北」，不順路就算了，還距離將近八公里，八公里的路程開過去要二十分鐘；就算路況熟悉，刻意走羊腸小徑規避紅綠燈，也要十五分鐘。

所以正常司機是不會載的！但，我不是正常的司機。（誤）

迷途羔羊

前面說過，永靖車站是無人的招呼站，在接近午夜十二點的無人火車站長什麼樣子，你們看過嗎？敢去嗎？我能想像那位落單女子在永靖車站因叫不到車，而孤立無援的恐懼。所以，就單純只是基於幫忙的立場，若再響一次任務，我就承接吧！正如此打算著，車機任務再次響起，顯示為：永靖車站叫車。

這一次，我按下了承接，並輸入公司提供的客戶聯絡方式，撥了通電話給乘客。

「喂，小姐您好，我是計程車司機，請問您有在永靖車站叫車嗎？」我再次確認地詢問。

「有有有，我有在永靖車站叫車。」小姐激動地回答我。

「好的，我人在北斗工業區附近，過去最快要十五分左右，因為看到妳叫了好幾次都沒有司機承接，所以我才承接，不然怕你回不了家。請問十五分鐘妳願意等嗎？」

「願意、願意、我願意，我要去員林。」。

「好……那我儘快趕到，您再等一下喔！」

聽到要去員林，此時心涼了一半，因為員林位於永靖的北方，等於這趟任務結束

後，離家裡越來越遠，我也越來越靠「北」了。

終於，抵達了永靖車站。叫車的小姐一上車，一直謝謝我……

「還好有你，不然我真的不知道該怎麼回家。我要到員林的○○公園那附近。」

「好的。」

「妳是怎麼會坐到永靖車站啊？」我好奇地問。

「喔！我原本要在員林下車，結果睡著了，就坐過一站，看到永靖站到了，就急忙衝下車，結果想不到永靖車站那麼荒涼。」小姐一股腦地說。

「哈哈哈！還好你有遇到我。我人在北斗，原本打算要回家了，因為看妳叫不到車我才承接任務，不然我家跟永靖還有員林完全是反方向。」

「真的很謝謝你，不然如果叫不到車，我真的不知道該怎麼辦！沒有火車可以坐回去，也沒有計程車，永靖車站附近又超荒涼的。」

「沒關係啦！下次注意不要睡過頭就好了。如過沒坐錯車，你可能一輩子也不會來永靖車站這個地方。」我打趣地安慰她。

「對啊！」。

我笑了，後座的小姐也笑了。

任務結束後，跳錶金額兩百元左右，回家的路程卻還要十六公里，足足多了十公里啊！這趟任務真的非常不符合經濟效益，但內心卻相當滿足，就只是因為小姐的一句「謝謝」，一句簡單的謝謝就夠了。那種被他人認同、需要的感覺，是無法用金錢來衡量或取代的；也是這份幫助他人的成就感，才得以讓我有源源不絕的熱情去執行這份工作。

隔日，我收到了這位小姐乘客的五星評等及滿滿的感謝評論，這比之前被乘客誇讚我帥氣，更值得開心啊！

車資多少由你決定

「請問這邊到大肚火車站大概多少錢？」

我馬上拿出手機查詢……「跳錶大概1200元，若妳要坐的話我收妳1100元就好。」

「喔……好……謝謝你。」小姐尷尬的對著我點點頭，然後逕自回到座位區休息。

運轉手的無奈

靠運輸乘客而換取酬勞的工作不勝枚舉，撇開政府公營單位及民營事業雇請司機的大眾運輸不談，個人營業性質的有：多元化計程車、Uber、合法小黃計程車、非法白牌車。除了非法白牌車之外，其他的司機，或多或少都會受到車隊、車行的工作條例約束；但這種約束並不會建立在勞基法的範疇上。

因為，所有個人營業的司機都知道，車隊、車行本身並不會幫你投保勞健保，若要成為政府認可的「勞工」，你還必須自己投保職業駕駛工會，在沒有雇主幫你比例性分擔保費的情況之下，司機得自行在職業工會加保勞健保，一個月的費用平均要1500元至2000元不等，這其實對司機來說是一筆為數不小的開銷，所以有些司機因此乾脆放棄投保，成為勞健保體制下的孤兒。

而有部分司機則是因為在外積欠大量債務，因而被債權人依法聲請「強制執行」，在無力償還債務的情況之下（又或者故意不想還），他們會選擇計程車這個行業維生，一來是踏入這行的條件並不嚴苛；二來則是因為大部分的個人運輸服務都是以現金交易，從乘客手中收到的現金，就是司機們賴以為生的酬勞。

營業成本除了負擔車隊或車行本身的衛星派遣費、服務費、行政規費，以及汽車損耗、油錢，其餘的等於是自己賺的。因為現金交易沒經過個人帳戶，所以不會留下記錄，司機本身也沒有投保勞健保，自然在國家的認定標準下，還是一位身無分文的窮人。這類的司機，都是向車行租車營業，平均每日租金750至1000不等，視車子的年份、等級、價格而決定日租金多少。

相較於越來越重視勞工權益的現今，計程車司機其實是一個容易被政府忽視的特定族群，因為工作沒有強制規定要加保勞保。但諷刺的是，很多司機都需要政府的「忽視」才得以生存。如果有一天被強制規定納入勞保、課稅，那一定有非常多的「跑路司機」無法在計程車這個產業下生存。

就商業考量來看，其實司機越少，對我來說是越好的，這是市場供需問題，淺顯易懂。但這種情況卻是我不樂見的，試想：如果那些「跑路司機」連計程車都不能開了，那他們該何去何從？年輕的還可以去工地搬磚打打零工，當苦力換取酬勞；老的呢？老的該怎麼辦？

當一個國家失業率越來越高，能謀生的機會越來越低，那這個國家的治安也會出現很大的問題。我能想像，那些失去生計的「跑路司機」，有天可能會鋌而走險，做出對社會危害更大的事情。當溫飽都成了每日必須面對的重大問題，人，還有什麼事是做不出來的。

這也是我從來不會罵非法白牌車司機、Uber 司機跟我搶生意的主要原因。雖然各為其主，但就本質來說，其實大家出來跑車，都只是為了賺錢養家而已，沒有什麼誰對誰錯。我也相信，提升自己的服務品質，才是業績長紅、客源絡繹不絕的經營之道。

自有的生存之道

在傳產兼職跑車的時候，我每個星期日休假的早上都會在公司門口載移工同事去火車站，因為自己也是員工，所以比較熟悉那邊的輪班作息及休假時間。遇到較熟的移工同事，他們也會優先選擇搭乘我的車，這對於初出茅廬還沒有什麼準客戶的我來說，是個很重要的排班地點。

某個週日清晨，我一如往常地在公司門口排班，來了一位從未看過的合法小黃司機，那位司機大哥很熱情地下車跟我打招呼，可能覺得我應該是一位菜鳥，所以想傳授我一些跑車經驗。但後來發現，與其說是傳授，不如說是炫耀。

「想當初，我是第一批衝撞體制的計程車司機。」司機大哥跟我說著。

炫耀的詳細內容我已不復記憶，無非就是說自己很猛、很敢、很資深、很會賺……老男人對嫩男孩最喜歡高談論闊自己曾經的豐功偉業及給予所謂的「經驗分享」。但當時我一點也不在乎，因為那時候計程車本來就不是我的本業，我的本業是你正在門口排班的這間大公司。但我並沒有跟大哥說明，因為我不想冒著再度開啟大哥其他話夾子的風險。為了表示尊重，所以每隔六到十秒我會敷衍的點一下頭，嗯一下聲，表示自己有在認真聽，其實內心希望生意趕快上門，就可以離開了。

大哥正說得起勁時，突然指著刻意避開我們的白牌車司機說：「你看他，大家都知道他違法的，在這邊偷載外勞，但我不會檢舉，檢舉有用嗎？檢舉後他不能開車了，只會去偷、去搶、做一些危害社會的事，這樣有比較好嗎？」

扣除大哥強調「當年勇」的十幾分鐘，大哥指著白牌車說話的那幾秒鐘，是我最認真聽的時候。那是我第一次聽到合法計程車司機對於白牌、Uber 這些非法的司機，有除了對立以外的其他見解。

我看著那位白牌車司機，在公車站牌不斷小聲問等公車的幾個印尼移工：「一個一百要不要坐？」「不然八十啦！」「給哥哥賺錢一下啦！」「不會貴貴啦！」邊講還邊做出欲擒故縱、欲走還留、欲言又止的姿態。

「檢舉他們，這樣有比較好嗎？」聽完大哥的話，我只是苦笑，並沒有回答大哥的問題。

只是那天之後，我就再也沒有在週日的時候，去公司門口排班載移工同事了；一直到離職了也沒再去過。也是那天之後，我對於這些非法白牌司機多了幾分的理解與包容；也能明白為何鄉下地方，幾個派出所旁的計程車招呼站，總是公然停著非法白牌車在排班，而隔壁警察卻都視而不見……

一切都是為了討生活。

跑車也需要運氣

跑計程車大都以現金交易為主，雖然現在很多是使用信用卡付車資的方式，但仍是以現金交易居多。每成交一筆生意，手裡直接收到錢的那種fu，感覺會比領月薪來得深刻，這也是為什麼司機都喜歡成立群組，除了派趟任務以外，最重要的是可以炫耀自己多會跑、今天營業額破幾千、又約到包車幾天幾夜的趟……以前我剛開始跑車的時候也喜歡「分享」喜悅，但後來發現，很多司機會把你的「分享」解讀成是一種炫耀，這對人際關係上是有害而無益的。所以有經驗的司機，往往不會在群組公開自己跑得多好。

況且，跑車這種東西，運氣占五成以上，有時候我早上六點進高鐵排班，到中午營業額還沒破千，而有人十點多才進來，載一趟遠的就破千了。在高鐵排班的司機大哥若載到很遠的，回來都會興高采烈的跟其他司機「分享」。

有一次，一位大哥排班載到臺中遠程的，一趟直接破千，回來時就假藉關心之名問我跑得怎樣，實際上只是想告訴我他出了趟臺中很厲害，營業額很高。遇到這樣的大哥，我多半會投以羨慕的眼光再給予真誠的祝福，然後就繼續做自己的事情了。

當時那位大哥突然問我：「包車不算的話，跑車記錄一天最高的營業額是多少？」

我想了一下，回答他：「大概快六千吧……」

我還記得那是一個生意極好且運氣絕佳的星期日夜晚。當時已經晚間十點多，因為剛開始跑計程車比較拚，即便營業額已高達 3700 元左右，心裡還是想著等 23:01 的高鐵進站，再出一趟車，破四千元就可以回家休息。（當時的景氣，週末營業額要破三千元不是什麼難事。可今年疫情來襲後，每日營業額能破三千元已堪稱奇蹟。）

當我排到頭班，期待客人到來的同時，心裡祈禱著：「拜託不要去太近、拜託去的地方跟我家同方向……」這時，見一位中年男子緩緩從高鐵三號門走出來，步履蹣跚的坐上我的車，跟我說要去嘉義高鐵，而我在彰化高鐵排班。經詢問才知道，原來是坐過站了。

在一路的行駛過程中，我和乘客並無太多交談，乘客只是在車上睡覺，一直睡到嘉義才醒過來。結帳時跳錶金額一千七百元（含夜間加成），雖然這位乘客沒有主動議價，但我還是只收一千五百元。通常對於坐過站或坐錯車的乘客，結帳時我都會主動給予降價，算是幫忙乘客分擔一些損失，也希望他們失落的心情可以得到一些緩解。那天是我第一次營業額破五千元，很累、很餓，但也很爽。當時的我，一度認為開計程車可以成為第二個郭台銘先生……一直到新冠肺炎席捲而來，才發現自己誤會大了。

夜半超商的女乘客

有一天的高額業績，也是令我印象深刻的～～

二十四小時的連鎖便利商店一直是鄉下計程車司機的好朋友，因為多半都附設停車場、廁所又有賣食物；有些大間一點的甚至還有閱讀區……我想除了洗澡以外，大概所有生活起居都可以在便利商店搞定了。這也是我不喜歡去都市跑車的原因，因為地價高、房價貴，寸金寸土的。也因為便利商店大多沒有附設停車場，所以在都市跑的司機，要小解，是很麻煩的一件事，於是，聽說很多司機都不敢喝太多水，久而久之，健康狀況自然不好。

那天我以為就這樣下班了，回程路上，下北斗交流道後，經過家裡附近的超商停下準備買晚餐。因為剛好是週日的晚上，通常較為忙碌，所以即使深夜了，晚餐都還沒吃。我將車停好後，值大夜班的店員衝出門口對我大喊：「有人要坐車。」

「坐車！？」我看了看時間，都已經凌晨一點了，在這種鄉下地方怎麼可能有人要坐車。

「裡面那位小姐要坐車。」還算熟識的超商店員，邊跟我說話邊用手指向店內一位小姐。

我將車熄火後，進去關心。

「您好，請問這邊到大肚火車站大概多少錢？」小姐詢問。

我馬上拿出手機查詢，彰化費率加上夜間加成大概要 1200 元左右。

「跳錶大概 1200 元，若妳要坐的話我收妳 1100 元就好。」

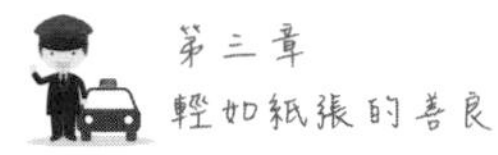

「喔……好……謝謝你。」小姐尷尬的對著我點點頭，逕自回到座位區休息。

我不以為意，想說這麼晚的時間，有司機還願意折價服務，很不錯了！若再要求便宜，我也不願意載了。此時，飢腸轆轆的我，挑了一盒雞腿油飯，擔心吃不飽，又再補上一盒水餃。結帳等微波的同時，我向店員表明小姐沒有要搭車。領完便當準備回家大啖晚餐。

車子發動約莫過了五分鐘，我遲遲不肯踩油門離開。不知道是不是飢餓過度的關係，突然地又覺得不餓了！我將椅背向後調整並緩緩躺下，順勢將頭往超商的方向看去。透過落地窗，我隱約看見那位小姐低頭默默地坐在休息區，桌上還擺著一瓶飲料。

「唉！王國春你真的很煩欸。」我在心裡忍不住咒罵自己。

然後，熄火下車，朝著小姐的方向走去。

「上車吧！我載妳去大肚火車站。」我跟那位小姐說。

「真的嗎？」小姐跟上我的腳步……「多少錢？」她突然停下並提出疑問。

我回頭看著她說：「妳想給多少就給多少好不好？妳這輩子可能不會再遇到像我這麼愚蠢的司機了。」

聽了這話，店員笑了，那位小姐也笑了。

上車後，我將還沒動過的晚餐遞給她，但她婉拒。

路途上，我問她為什麼這麼晚的時間卻一人在超商裡坐著？原來當天晚上七點多，這位小姐和先生吵架，負氣從婆家徒步離開，她本計劃要搭公車到田中火車站，再轉火車至大肚火車站去牽她的摩托車回家。但不知怎麼的，一直等到半夜十二點，公車都沒有來。

很多人可能不知道，在鄉下地方搭公車，有時候是要憑運氣的；時刻表也是亂七八糟，僅供參考用而已。在等不到公車的情況下，她也不知道該如何是好，眼看明天星期一還要上班呢！結果緣分就是這麼奇妙，竟在超商遇上了剛從嘉義回來的我，願意在凌晨一點時載她回大肚、而且少收車資。

到達目的地後，小姐還是禮貌性地問了我多少錢，我指向計程表示意要她看。

「沒騙你吧！跳表要 1200 元。」

「這樣，我收妳 500 元就好，當作是彌補我的油錢，因為我還要空車回去；回去可能都快三點了。」

小姐遞給我一張五百元並向我道謝，然後騎著摩托車離去。原本打算收 1100 元的我，最後只收了 500 元。

也許你會好奇，我幹嘛那麼好心幫她，而且在大半夜的時間？

我會幫她其實有兩個原因：

第一，當天我的運氣很好，業績已超過標準，我覺得是幸運之神的眷顧，要懂得感恩回饋，才會有用之不竭的幸運。

第二，我必須澄清，不是因為她是小姐才選擇幫她，而是因為小姐在詢問車資的過程中，態度親切有禮貌。這點是我很欣賞的。

人與人之間的相處，只有在相互理解、尊重的情況之下，才會產生價值。

若是，這位小姐當時的反應是：

「蛤？怎麼這麼貴。」

「我都沒在坐跳表的，這麼貴誰要坐啊。」

「拜託，太貴了吧？成本才多少？」……

那麼，我一樣會跟她說聲謝謝，接著轉身離開。我相信不會有任何司機願意載她的。

那晚，回到家已經凌晨三點，雖然晚餐涼了，但我竟開始感到無比飢餓，突然覺得冷掉的水餃跟油飯也好好吃啊！由於當晚很累，所以也睡得特別好。

那大概是我跑得最晚的一次，也是單靠排班、在沒有包車的情況之下，業績最高的一次。

對我來說，跑計程車最大的收獲，除了是賺錢之外，還有就是在服務的過程中，能帶給乘客幫助及溫暖，即使行善不為人知，但心靈的充實滿足，才是除了金錢之外最重要的了。

那位夜半超商的女乘客臨走前有要了我的名片，雖然從來都沒打來叫車，我們可能也不會再見面了，但無所謂。若干年後，也許她突然想起這件事，或是看到小黃司機的新聞而想到當時的際遇，然後分享給他的朋友、子女，那麼，這份善意就會一直傳遞下去。

25476
TDB-8917
25476
台灣大車隊
TAIWAN TAXI

第四章　自命不凡的駕駛

兩位工人

正在為連續兩次「卡頭班」而嘆氣之際，突然看到從高鐵三號出口走出兩位大哥。我在車內隔著擋風玻璃仔細端詳，發現兩位大哥全身髒兮兮、灰頭土臉，正步履蹣跚地朝著我的車走近，越走越近、越走越近……

又卡頭班!?

大甲媽祖回程經過北斗鎮，南彰化計程車司機各個嚴正以待，準備好好利用這場年度盛事衝高營業額。可惜的是，受到疫情影響，大甲媽祖遶境活動人數不如預期，雖然也有信徒要搭計程車追大甲媽祖，但與往年相比，乘車的香客稀稀落落，起碼少了半數以上。不過這也是好事，減少群聚就可以大大降低感染風險，只是很多司機都在感嘆、抱怨，期盼疫情過境所帶來的衝擊，可以隨著大甲媽祖遶境一併帶走，盡快恢復往日生機。

這天，我也是屬於搖頭嘆氣的其中一位司機。倒也不是因為大甲媽祖遶境沒有創造高收益的關係，生意差就差，這種事情只是過渡期，我看得很開，明年一定會好的，至少當下我是這麼認為的。感嘆的原因，是因為我已經連續兩次「卡頭班」了，高鐵計程車的排班司機，最怕的就是「卡頭班」。所謂的卡頭班就是當班高鐵下站的旅客都依序搭車離開了，按照排班順序我來到了第一位，旅客都走光了卻沒有出車，這意味著要再等下一班進站的高鐵旅客下車，才有機會出車。以彰化高鐵來說，因為是小站的關係，通常一個小時

只有一班車。

我看了看時間，下午 17:45。

「唉！又卡頭班了，看來又要等到 18:30 才能出車了。」我喃喃自語地說著。

卡頭班的苦主司機，除了要再多等一個小時才能出車以外，搭乘頭班計程車的旅客通常都是去超近的地方，這是有原因的：住在高鐵附近常搭車往返的旅客，不會花太多時間在高鐵閒晃，舉凡上廁所、補妝、跟店員搭訕等，有經驗的旅客都知道趕緊坐上計程車比較重要。有時候高鐵剛進站，很多旅客都集中在該時段搭計程車，就容易有坐不到計程車而要排隊的情況，所以有經驗的旅客，一下高鐵就會直奔計程車排班區搭乘，才不會承擔沒車坐需要排隊等候計程車回場的風險。

因此，大部份會搭頭班計程車的旅客目的地都非常近；當然，偶爾也有例外的時候。

我看了看時間，已經過了 18:00 了，17:30 進站的高鐵旅客沒意外的話都被載完了。

「可惡，要是早個幾分鐘進來，我就可以排在前一臺，然後就已經出車了，卡頭班的就不是我，而是我後面那臺。」這是我當時的想法，也是每位卡頭班司機的心情寫照。

要出車應該是不可能了，心裡盤算著，等18:30的高鐵進站，出完這趟就趕緊回家休息吧！

勇敢藥水

但，偶爾也有例外的時候。

這時從高鐵三號出口緩緩地走出兩位大哥。

我不以為意，因為在車內隔著擋風玻璃仔細端詳一番，發現兩位大哥全身髒兮兮、灰頭土臉，研判應該只是高鐵外包廠商的工作人員，他們步履蹣跚，緩緩地朝著我的車走近，越走越近……越走越近……

我趕緊下車詢問。

「大哥，請問要搭車嗎？」

「對啦！」

我走到車子的右後方開車門請他們進去。

「請進、小心臺階、小心車門。」這是我對要搭車的乘客的慣用語。

一上車後，兩位大哥像是洩了氣的皮球，我能輕易感覺到他們非常疲憊，滿臉污漬卻掩蓋不了倦容，從面部毛細孔溢出的汗油，似乎要將他們的五官融化了。

大哥甲：「噢噢噢噢噢~車上好涼喔！」

大哥乙：「對啊！快累死了！」

大哥甲：「今天怎麼那麼早斷電啦！」

大哥乙：「對阿！工業電扇都沒得吹。」

大哥甲：「差點熱死……」

大哥乙：「明天一定要跟他們講啦！」

「大哥你們好，請問你們要去哪？」我趕緊趁他們的對話間隙間詢問。

「社頭火車站。」

「好，社頭火車站。」

是一個十分鐘就可以完成服務的距離……

「大哥你們應該不是搭高鐵來的，怎麼這個時間點會坐車咧？」我按下計程表，往社頭車站的方向前進。

「對啊！平常都開車，今天因為要帶一些東西就坐車啦！」大哥甲回答。

將近十分鐘的車程，我們有一搭沒一搭地聊著，原來大哥他們是在高鐵對面蓋大樓的工人。

「今天北斗很熱鬧喔！」大哥乙打開話題。

「為什麼？」大哥甲問著。

「因為大甲媽祖來啊！你們沒有要去看看嗎？」我搶著回答。

「沒有啦，工作都累死了又全身髒得要死，看個屁啊！趕快回家洗澡比較實在。」

大哥甲不假思索地回應我。

「也對啦！」我尷尬地笑著。

「只是對你卡歹勢啦，把你車用那麼髒。」兩位大哥也難為情地笑著。

「不會啦，賺錢本來就是這樣啊，待會我擦一擦就好了。」我一派輕鬆的回答。

看著他們，不禁也回憶起當年的自己……

我年輕的時候在工地當過零工，雖然做的時間不長，但卻是印象最深刻的。反覆的搬磚、扛水泥，被師傅呼來喚去、頤指氣使，光是這些不用專業技術的跑腿工作就足以讓我累垮。師傅們很喜歡看著癱軟在地的我，語帶訕笑的說：「哎呀！我們以前也是這樣過來的啦！」

有時，他們會將寶特瓶裡面的「勇敢藥水」（含

有酒精成分混合性飲料）倒給我喝。當時師傅們都喜歡將維士比裝在黑松沙士的寶特瓶裡面，「佯裝」成沙士帶進工程現場飲用。這樣較不容易被上級發現。但我認為工頭們應該都知道，只是睜一隻眼閉一隻眼，沒有特別去抓，但師傅們總要給上級面子，不能光明正大的帶進工程現場喝，正常較具規模的現場，包商都一定禁止飲酒的。

在惡劣的環境下工作，能消除疲勞的最佳方式除了「勇敢藥水」的提振精神，還有就是同事們之間相互吐槽、吹噓。當時年幼、歷練尚淺的我，非常喜歡聽這些老大哥分享自己年輕時的豐功偉業，而且從來沒有懷疑過。一直到自己長大成熟，經歷現實的洗禮後，才漸漸明白他們的「想當年」多半是唬爛的。

上班一整天總是在嘻笑怒罵中渡過，其實我們都知道，那些毫無建樹的聊天與「勇敢藥水」根本就無法消除疲勞，只是能短暫忘卻工作時所帶來的疲憊與身體的黏膩，「忘卻疲勞」對無法改變工作環境的工人朋友們，相當重要。

如果人生可以選擇

當時未滿二十歲的我就知道工地上班的辛勞，因為經歷過，所以體會更深。而這份工作經驗也讓自己在未來的求職選擇上，完全略過工人、水電、粗工、裝潢，這類需要長時間曝曬與具有高度危險的相關工作。敬而遠之，是因為清楚知悉自己吃不了這行飯，即便出師以後它的薪水對我來說是相對優渥的！

但，我還是沒辦法……

自己無法勝任這個職業，所以對於能在這行堅持數年、甚至數十年的工人朋友更是欽佩，面對這樣的工人大哥，我並沒有絲毫畏懼與排斥，反而一見如故。這不就是從前那個每天都把自己搞得髒得要命、半死不活才能下班的自己？而且下班經過檳榔攤，總會習慣性地買兩瓶啤酒回家暢飲，解解一身疲憊之氣。我們通常不會到商店購買，即便商店啤酒較檳榔攤便宜，因為身體太髒，怕引人側目及破壞便利商店的環境。就像是坐在後座的兩位大哥一樣，擔心可能弄髒我的車而難為情，這就是所謂工人的體貼吧！

我想對大哥說的是：「身體弄髒不要緊，錢賺得乾淨就好了。」

「一共145元喔！」我按下結帳。

大哥從他口袋拿出一小疊鈔票，並抽出兩張百元鈔給我找零。接過紙鈔後，感覺紙鈔有些濕潤，應該是因為工作環境悶熱，大哥不斷流汗的關係，導致口袋的鈔票濕濕皺皺的吧!?

那不重要！

重要的是，兩位大哥為了工作、為了家庭，抑或是為了下班後的那幾瓶啤酒，認真努力把自己搞得一身狼狽的樣子，實在是帥呆了！（雖然我也帥得很具體，但當時跟兩位大哥比起來，帥度還是望塵莫及呀！）

「55元找您。」我將找零遞給大哥甲。

無意間觸碰到大哥的手，發現手掌異常粗糙，指頭與指甲佈滿大小傷痕及汙垢，有些頑垢似乎已深植於指間，遍布在新、舊的厚繭之中，感覺永遠都洗不乾淨。

想起以前的我，也是這樣。

曾經，雙手佈滿頑繭，總是剝了又長、長了又剝，摳掉手上的老化死皮，已經變成無聊發呆時的休閒嗜好；曾經，因為工作環境糟糕而導致的皮膚過敏，看了醫生，醫生良心建議我離開當時的工作環境，過敏就會痊癒了。

「呵呵～」我對醫生笑了兩聲。

醫師一臉狐疑的看著我：「有什麼地方好笑嗎？」

我沒有多作回答。

能離開嗎？

能離開的話，我也想坐在你的位置上幫病人聽聽診、開開藥單、囑咐病人什麼不能碰，哪個不能吃，然後就有錢賺；也許會很累、疲勞轟炸，但起碼不會弄得滿身傷痕，然後再來找你拿藥。

只是當時的我沒得選擇，「選擇」是賦予給那些有「條件」的人的權利。而擁有那份權利的，從來都不是我。

我笑，是因為跟醫生只隔著聽診器的距離，一同待在三坪不到的狹窄診間，但生活狀態卻大相逕庭。醫生的良心建議確實讓我不禁發笑，好像除了生病、看病以外，我這輩子不可能跟醫生這個職業的人有任何交集。

我們生活在同個世界，卻過著完全不同的生活。

雙手佈滿厚厚的繭。那些剝了又長、長了又剝的繭，裡面除了堆疊著洗了又髒、髒了又洗的汙垢，也摻雜著乾了又濕、濕了又乾的血與汗。傷痛與勞累就像手上這些頑繭一樣，無止盡的複製、循環。沒人會了解這些底層工人的辛勞，就像沒人會在乎你手上的繭一樣，可那些都是我們為了這個生活努力過的印記啊！

能不帥嗎？

我的志願

臨走前，我搖下窗戶：「大哥，天氣那麼熱，回家洗好澡，記得喝瓶冰涼啤酒比較好睡喔！」

「災啦，一定要的啊，明阿仔擱咩打拚！」

兩位大哥笑了，我也笑了；不是從前敷衍醫生的那種苦笑，而是豪爽地笑了。

他們頭也不回地朝社頭車站走去，我望著兩位大哥進站的背影，感覺步伐輕盈了不少。我想，對於他們來說，每天最大的期待，就只是沒有帶著一絲傷痕，平安下班吧？原本載到社頭車站這種短途的服務，心情難免鬱悶，不過這次的乘客卻帶給我極大的喜悅，那些與錢無關的心靈富足，感覺自己完成了一項重要的使命。

學生時期，我們清楚知道「刻苦耐勞」四字成語是褒義詞；出社會後，我們卻用貶義詞的心態去看待這些「刻苦耐勞」的人。我們從小被動接受師長的專業教育、父母的良心建議，再再告訴你，以後當律師、當老師、當機師、當醫師、當會計師，都將會是個不錯且穩定的選擇。很自然地，你在作文《我的志願》裡不會出現長大以後我要當個搬磚、扛水泥的工人。於是，受限於長輩思想，我們很難跳脫出立志要從事「高等職業」的框架；於是，職業歧視就在你很小的時候淺移默化到這些工人身上；於是，不愛讀書、年輕愛玩、不思進取，便成為勞動階級的代名詞。但試問：狀紙要有人寫、教鞭要有人執、飛機要有人開、病患要有人醫、財務要有人理……難道，房子不需有人蓋？水電不需有人配？……

社會和諧的其一要素，是建立在每個人各司其職的基礎上，每種行業都有讓社會維持穩定運行的重要性，都應該被尊重。你不需要將志願改寫為「工人」才能深刻體會，但最起碼在遇到蓬頭垢面、風塵僕僕的他們時，投以正常的眼光，而非鄙視、輕蔑。應該要去了解其背後骯髒的原因，如果可以選擇，沒有一位工作者不希望自己下班的時候是乾淨舒服的狀態。

如果可以選擇……

但有些人不能選擇！

所以，只能在不盡理想的工作環境下，努力掙錢。那些污垢、油漬、粉塵、頑繭，都是他們刻苦耐勞的最佳證明，如果說職業不分貴賤，那他們憑什麼不該獲得與那些「什麼師」的高級職業相同的尊重？請記得，不要用收入，去斷定一個職業的價值。

一百元的遺憾

早上十點左右，一位小姐神色匆忙地坐上我的車。

「您好，請問要去哪裡？」

「快，載我到最近的便利商店……我很趕，高鐵快到站了……」小姐急急慌慌地說。

奇裝異服的男子

今天沒跑車，來臺北處理事情。

正準備去臺北車站轉乘捷運的時候，突然，一位中年男子衝到我面前，對我比了個「一」，當下警覺性地倒退了幾步。

陌生男子雙眼瞪得大大的看著我並大聲地說：「一百塊！」

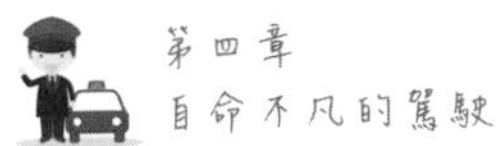

我這才發現，原來男子靠近我，是為了跟我要一百塊。

當下我搖頭並揮手示意表示愛莫能助，然後加緊腳步往捷運的方向走去。行進過程中，因好奇而頻頻回頭注意那位被我婉拒的中年男子在做什麼？

果然，跟我想的一樣，他跟每位熙來攘往的旅客都討要一百塊。

從他奇裝異服的穿著來看（運動長褲配黑色紳士皮鞋），也許他是一個很有故事的人……不知何故，突然覺得拒絕對他伸出援手，心裡有些過意不去。

惻隱之心

我還記得在我十八、九歲的時候，在加油站遇過幾次向我借錢加油的大哥，我都會毫不猶豫的從皮包掏錢「借」給他，即便知道那種「借」法，百分之百是有去無回。但當時就單純覺得是舉手之勞。五十塊、一百塊錢不是什麼大錢；如果用一點小錢，可以幫陌生人一個大忙，也是一件值得歡喜的事。

只是，不知道從何時開始，這樣的純真已不復存在。火車站門口乞討的無業遊民；

夜市拿碗蹲坐在地的殘疾人士，鬧街販賣愛心糖果的輪椅族，百貨騎樓下掛著淒慘身世看板的邊緣人……現在巧遇他們，我都沒再像年輕時那般地慷慨解囊。

或許是因為年紀大了，看過了、經歷過了許多的人生歷練，我不再像以前那般天真，我開始對人心產生防備；同時，新聞上，屢見不鮮的打著愛心旗幟行詐財之實的騙徒，也讓人開始對行善望而生畏，害怕自己的惻隱之心被利用，畢竟每一塊錢也都是我們辛苦賺來的血汗錢。我相信，也有不少人跟我一樣，面對這些無法辨識真偽的弱勢族群，漸漸地選擇了漠視，大家都不想花了錢，不僅沒幫助到需要幫助的人，反而助長了犯罪。

到底是這個世界變了，還是我們變了？

一個口罩

結束了既定行程，下午趁著還有一些時間，聯絡了當兵時的學長，打算跟他共進晚餐，敘敘「當年勇」。

依約前往指定地點的途中，準備要進入捷運月臺了，卻發現前方有位小姐被站務人員阻擋在外。原來是因為那位小姐沒戴口罩不能進捷運站。

「完了，完了，我找不到我的口罩……我好像忘記帶了……」小姐一邊喃喃自語，一邊急忙翻找包包。

「我有！」

突然，旁邊一位男子從包包拿出裝著口罩的信封袋，示意要小姐從裡面拿一個去用。

「謝謝你……先生，你人真好！還好有你……」小姐拿了口罩後，不斷地對該男子表達感激之情。

男子揮手示意要她趕緊進站，並沒有多做回應，因為那位男子正跟他的學長通著電話……

那位男子就是我！

掛上電話後，看著小姐隱沒在人群中，備感欣慰！心想，自己又不經意的花了五塊錢幫助一個萍水相逢之人。當時突發奇想：倘若，任何善舉都可以依照比例換算成等值貨幣，那麼我必須要免費發送二十個口罩，才有辦法彌補中午那沒有給出去的「一百塊」的遺憾。

但其實就在我送出口罩的當下，遺憾與愧疚已煙消雲散，早被助人的溫暖覆蓋。由此可見，善意的多寡與價值，從來都不是用金錢可以衡量、比擬的。那些你認為微不足道的小善，可能會在其他地方產生蝴蝶效應，蔓延開來，即使你看不到或不會知道。

莫以善小而不為，善行是可以累積的。我始終相信，這一點一滴的善行儲蓄，總有一天，會以不同的形式連本帶利的回歸到自己身上。

好心有好報

今天早上九點半，我又「不幸地」在高鐵卡頭班！十點左右，一位小姐神色匆忙地坐上我的車。

「您好，請問要去哪裡？」我問。

「載我到附近的便利商店。」

小姐急忙地說。

「便利商店？您是要買東西嗎？」

「對，我要買口罩。」

「買口罩？你是因為沒有口罩不能進高鐵是不是？」

「對啊！所以麻煩你趕一下。時間快到點了。」

當時正逢疫情緊張時期，口罩即使是在便利店，也不一定買得到的。於是，我從置物櫃拿出一片新的口罩給這位小姐。

「我這裡有新的口罩，我給妳就好，不然妳現在過去買，不一定買得到，可能還會趕不上這班進站的高鐵，又要浪費計程車錢。」

「太好了！謝謝你，不然我跟你買。」小姐接過口罩，並拿出一百元給我。

「不用啦！我送你就好了。」

但小姐卻堅持一定要用買的。僵持不下後，我選擇妥協。

「好啦！那我找你九十五元。」我收下小姐的一百元，打開零錢盒準備找錢。

「不用找了，謝謝。」

小姐說完話後，就以迅雷不及掩耳的速度開車門離去，快步進入高鐵站區內，留下呆坐在車上還來不及反應的我。

就這樣，我雖然卡頭班沒出車，卻賺了一百元。於是，我又繼續排在頭班，等待下一班高鐵進站載客。

第一次卡頭班卡得那麼開心！

所以，如同我前面說的，一點一滴的善行儲蓄，總有一天會以不同的形式連本帶利的回歸到自己身上的。這才十多天就應驗了。不管是巧合或是老天的刻意安排，這些正能量一點一點的累積，都能讓你成為更好的自己！

活得好 061

我只是個計程車司機

運轉手的小黃日記

藉一趟趟的載客路途，拼湊出有愛有淚的現實社會樣貌。

作　者　王國春
顧　問　曾文旭
出版總監　陳逸祺、耿文國
主　編　陳蕙芳
編　輯　翁芯俐
攝　影　胡理安
封面設計　吳若瑄、李依靜
內文排版　吳若瑄、李依靜
法律顧問　北辰著作權事務所

印　製　世和印製企業有限公司
初　版　2020年11月
初版四刷　2023年11月
出　版　凱信企業集團-凱信企業管理顧問有限公司
電　話　（02）2773-6566
傳　真　（02）2778-1033
地　址　106 台北市大安區忠孝東路四段218之4號12樓
信　箱　kaihsinbooks@gmail.com

定　價　新台幣320元／港幣107元
產品內容　1書

總經銷　采舍國際有限公司
地　址　235新北市中和區中山路二段366巷10號3樓
電　話　（02）8245-8786
傳　真　（02）8245-8718

國家圖書館出版品預行編目資料

我只是個計程車司機：運轉手的小黃日記 / 王國春著. -- 初版. -- 臺北市：凱信企管顧問, 2020.11
面；　公分
ISBN 978-986-99393-5-5(平裝)

863.55　　109014461

本書如有缺頁、破損或倒裝，
請寄回凱信企管更換。
106 台北市大安區忠孝東路四段218之4號12樓
編輯部收